AF131571

© 2015 - Jim Kore
Edition: BoD - Books on Demand
12/14 rond-point des Champs Elysées, 75008 Paris
Imprimé par Books on Demand GmbH, Norderstedt, Allemagne
ISBN : 9782322042791
Dépôt légal: novembre 2015

En chute libre

Jim Kore

En chute libre

« Certaines personnes ne sont pas faites pour
vivre en ce monde »

Chapitre 1

« Y'all could be the cause of me »
« Vous pourriez tous être la cause de moi »
                                                                Eminem
25 Novembre 2009

A sept heures du matin, l'agitation se fait déjà ressentir. Les chauffeurs de taxis rentrent à la station et leurs collègues prennent la relève. Les employés de bureau se ruent vers les bouches de métro dans l'espoir de ne pas arriver en retard pour la deuxième fois consécutive. Les boutiques de luxe ouvrent leurs portes et les vitrines attrayantes espèrent faire leur effet dès l'aube. Les Starbucks, eux, ne ferment jamais. Une charmante demoiselle est toujours prête à vous accueillir en vous adressant un sourire forcé, préconçu, travaillé et amélioré de manière à vous obliger à consommer toujours plus que vous ne le désirez. La population regarde le journal télévisé, qui passe en boucle, des fois qu'un incident planétaire se serait produit dans la nuit et aurait échappé à leur vigilance. L'audimat bat son plein, les sondages défilent et tout le monde peut démarrer sereinement la journée. Tout le monde, sauf moi.

Je ne me rappelle pas exactement du moment où tout cela a commencé. C'est arrivé, tout simplement. Ce genre de chose ne prend pas rendez-vous et vous n'êtes en aucun cas préparé à l'affronter. Cela vous prend au dépourvu un beau jour même si le terme n'est pas tout à fait approprié. Avec du recul, je réalise maintenant que tout ceci était prévisible. Il ne manquait qu'un élément déclencheur. Là encore, cet élément reste un mystère. Mais ce que je sais, en revanche, ce dont je suis pleinement conscient, c'est que mon désespoir est bien réel. Cette société dans laquelle nous vivons, dans laquelle j'évolue, ne me correspond plus, ou ne m'a peut-être jamais été familière. Alors j'attends, et espère. J'espère qu'un matin, je me réveillerai et que la boule dans le creux de mon ventre aura disparu.

Malheureusement, aujourd'hui était un jour comme les autres et je me levai difficilement. Je pris un petit déjeuné censé vous mettre en bonne condition pour bien démarrer la journée. Mais c'est toujours aussi endormi que j'enfilai difficilement un jean et une chemise assortie. Après avoir vérifié que j'étais bel et bien présentable, je pris mon sac à dos et quittai l'appartement que je partageais avec mon ami d'enfance. En descendant l'escalier de la copropriété, j'aperçus par la porte entrouverte de mon voisin du deuxième étage un tableau représentant un arbre, probablement un acacia, positionné à l'envers. Je me demandai en quoi cette esquisse pouvait-elle plaire à son propriétaire. Après quelques secondes de réflexion et sans être capable d'associer une réponse à ma question, je repris mon chemin.

L'université que je fréquentais n'était pas reconnue à l'échelle internationale, ni nationale d'ailleurs. Je n'avais jamais été un très bon élève, je travaillais quand il le fallait et en faisait le moins possible. Ce qui expliquait très certainement ma présence ici.

Néanmoins, j'arrivais tant bien que mal au bout de mon parcours universitaire. Bientôt je décrocherai mon diplôme en management et pourrai postuler à un poste honorable dans une grande entreprise. Je grimperai ensuite sagement les échelons sans demander mon reste. Du moins, c'est ce que l'on m'avait dit lors du conseil d'orientation annuel de l'université. Personnellement, je vois les choses d'une autre manière. Je m'imagine plutôt comme un pion parmi les autres, à recevoir des sourires hypocrites de collègues avides de promotions et dépourvus de sentiments. Je vois déjà mon supérieur regarder ses moutons d'un œil méprisant et ma collègue carriériste prête à tout pour atteindre l'étage supérieur. Une fois atteint, elle oubliera sa situation initiale, ses années de labeur et punira ses sous-fifres pour leur ignorance et leur naïveté. Serai-je capable de jouer dans ce film ? La majorité des gens se complaisent dans ce scénario, alors je suppose que j'en ferai parti. Je n'ai rien d'exceptionnel, pas de talent particulier, rien qui puisse m'extirper d'un futur qui se rapproche dangereusement.

En arrivant devant l'établissement, un peu en avance, je m'arrêtai et observai un moment les étudiants. L'air déterminé, ils avançaient en direction du bâtiment avec une certaine aisance. Malgré l'incertitude qui se reflétait sur le visage de certains d'entre eux et les caractéristiques corporelles qui les différenciaient, ils semblaient tous si semblables. Etais-je le seule dans cette situation, ou bien mes camarades s'étaient-ils crées une façade afin de ne rien laisser paraître. Puis, soudain pris par un frisson, je me demandai si on pouvait lire en moi comme dans un livre ouvert. La sonnerie retentit et je revins à la réalité. Je me rendis à l'intérieur de l'université et entra dans la salle B 104. Le professeur de management, un quinquagénaire au crâne dégarni fit son apparition. Il posa sa mallette noire qui semblait dater de l'avant guerre sur le bureau et en sortit un classeur. Puis il se leva et vint écrire au tableau : « La logique managériale ». Il me semblait pourtant avoir déjà étudié ce chapitre en première année mais il faut croire que c'est le propre du système scolaire de répéter les mêmes choses et d'abrutir les élèves avec des cours obsolètes. Comme à son habitude, le professeur entama un monologue, qu'il devait, depuis le temps, connaître par cœur.

« Un manager se caractérise par sa capacité à gérer l'entreprise, en définissant des objectifs à atteindre. Il doit pouvoir diriger une équipe et tout mettre en œuvre pour assurer la pérennité de l'entreprise. Attention, il doit être différencié de l'entrepreneur, qui lui, crée, innove et peut également apporter les capitaux, quand ce ne sont pas les actionnaires...». Et blablabla. J'écoutai ces conneries depuis cinq minutes et la fenêtre entrouverte du sixième étage me faisait déjà de l'œil. Devant, mes camarades de classe ne semblaient pas non plus très épanouis.

La journée fut longue et éprouvante. Au cours de management s'était succédé la leçon d'économie, ou comment nous expliquer de la manière la plus naturelle possible que nous allions payer les poids cassés et que nous devrions nous estimer heureux si un emploi s'offrait à nous. «Vous allez entrer sur le marché du travail à un moment critique dans l'histoire de l'économie. Mais en tant que patriote, vous allez participer à la redresser et vous en sortirez grandi». Au moment où il avait prononcé cette phrase, j'avais été pris d'une colère que j'avais heureusement réussi à contrôler. J'aurais voulu l'insulter et lui demander d'arrêter avec son baratin sur le patriotisme. J'aurais voulu lui dire que nous n'étions pas responsables et que ce n'était pas à nous de réparer les dégâts mais peut être à ceux qui avaient abusé et joué avec les chiffres comme avec un jeu pour enfant. Mais je n'en fis rien. Au lieu de cela, j'attendis patiemment la fin des cours et quand enfin je pus sortir à l'extérieur, je pris une grande bouffée d'air. La journée avait été chargée, chargée d'ennui. C'est sans entrain que je rejoignis la station de métro qui desservait l'université. Je passai devant quelques sans domicile fixe et mon attention se perdit à nouveau. Sans domicile fixe? Cette désignation me semblait faussée, hypocrite. Un sans domicile fixe est une manière atténuée pour désigner une personne qui dort dans la rue, autrement dit un «clochard». Comme si l'on se refusait d'affronter la vérité en face. Les sans domicile fixe n'ont d'autres abris que la rue et les nommer ainsi ne réglera jamais leurs problèmes. Machinalement et sans m'en rendre compte, j'avais atteint le quai et m'arrêtai devant la ligne de sécurité. Le panneau électronique situé au dessus de ma tête indiquait l'arrivée imminente de la ligne 2. Le métro s'arrêta et ouvrit ses portes. J'entrai et m'installai sur une banquette, seul.

Lorsque je franchis la porte de mon appartement, Mick était déjà rentré. Mick n'était pas seulement mon ami d'enfance, il était mon meilleur ami. Cela peut paraître enfantin et inapproprié de nos jours mais c'était ainsi. Nous nous étions rencontrés sur les bancs de l'école et avions grandi ensemble. Aujourd'hui, il travaillait pour une société d'import-export. Son travail consistait à calculer le coût d'une opération de transport de marchandises. Son employeur vendait des imprimantes haut de gamme. Alors, quand un client brésilien, par exemple, commandait une centaine de ces machines, Mick calculait le prix des imprimantes ajouté au coût du transport. Il s'occupait aussi du service après vente. En somme, il était un peu l'homme à tout faire. Je trouvais ça d'un ennui mortel mais son travail semblait le combler, alors je ne m'étendais pas sur le sujet.

— Mick!?, appelai-je.

— Je suis dans le salon

(Etre dans le salon signifiait qu'il était également dans sa chambre, la cuisine et l'entrée).

J'avançai et l'aperçu avachi sur le canapé à siroter un cocktail maison d'une couleur douteuse.

— Comment s'est passé ta journée?, me demanda t-il.

— Comme celle d'hier, et comme celle de demain, lui répondis-je.

— Je vois. Tu n'en as plus pour longtemps, tiens le coup. Bientôt, tu quitteras cette fac pourrie et tu trouveras un travail qui te passionnera. Tu verras!

J'appréciais énormément mon ami et pour ne pas le contrarier, j'acquiesçai d'un signe de tête et dit :

— Oui, tu as raison, d'un ton qui manquait de conviction.

Je rallumai mon téléphone portable et quelques secondes plus tard, l'écran m'indiqua la présence d'un message. Je composai le numéro de ma messagerie et tendit l'appareil à l'oreille. Mes parents...

« Salut mon chéri! Comment vas-tu? Dis, ça fait longtemps que tu n'es pas venu manger à la maison.

On pensait que si tu n'avais pas trop de travail ce week-end, tu pourrais peut-être venir déjeuner dimanche... Ca nous ferait plaisir, à ton père et à moi. Bon bah, rappelle nous. Bisous mon chéri. On t'aime. »

J'avais quitté le domicile familial il y a maintenant deux ans et je sentais que mes parents n'avaient toujours pas digéré mon départ. J'avais maintes fois prétendu avoir des devoirs à préparer afin d'échapper au déjeuner du dimanche midi. Au lieu de cela, je regardais la télévision, allais au cinéma ou jouais au basket, seul, sur le terrain situé au milieu du parc, en bas de la résidence. Néanmoins, en écoutant ce message, j'éprouvai soudain un sentiment de culpabilité. Mon dernier repas en famille remontait trois mois auparavant, et on avait alors fêté les soixante ans de mon père. Je décidai donc que j'irai rendre visite à mes parents le dimanche suivant. Il ne fallut que deux sonneries avant que ma mère ne décroche. Je sentais son enthousiasme à l'autre bout du fil. Quand je lui annonçai que je viendrais non seulement déjeuner mais aussi passer le week-end avec eux, elle ne manqua pas de me faire comprendre à quel point elle était ravie et qu'elle aimerait que cela se produise plus souvent. Après avoir échangé quelques mots, je raccrochai. Je m'assis ensuite à la table à manger qui faisait également office de bureau. Malgré mon désintérêt chronique pour les cours d'économie, je devais rendre une synthèse le lendemain portant sur le sujet *«Les agents économiques et les institutions financières»*. N'ayant pas suivi le cours quelques heures plus tôt, je compris que j'allais y passer du temps. Je pourrais tout aussi bien le bâcler. Le choix était difficile même si je dois avouer que ma fainéantise repoussait ses limites depuis quelques temps. Les agents économiques et les institutions financières... On nous abreuvait de cours d'économie, on nous enseignait les théories des plus grands spécialistes mais toutes ces belles pensées et paroles n'avaient pas pour autant empêcher le monde de la finance de s'écrouler. Cette simple pensée me découragea et j'optai pour la deuxième solution. Néanmoins, j'avais besoin d'un peu d'aide. Je demandai alors à Mick.

— Eh dis-moi, qu'est-ce que tu connais des institutions financières?

— Bah c'est simple. Des escrocs en costume...

« Mouai... » Je doutais que ce genre de remarques plaise à mon professeur. Je sortis une feuille de mon sac et commençai à écrire les formalités d'usage. Puis, j'entamai le devoir en parlant des agents économiques et leurs rôles dans la sphère financière.

Retentant ma chance, je m'adressai à nouveau à mon ami.

— Tu ne te rappelles de rien à ce sujet?

Pas de réponse. Il m'avait pourtant entendu, c'était sûr, mais Mick avait pour habitude de ne pas répondre quand il vaquait à ses occupations (en l'occurrence regarder un épisode où des rescapés d'un crash luttaient pour survivre sur une île hostile) et quand le sujet ne l'intéressait pas. Réunissant ces deux critères, je compris que je n'obtiendrai rien de lui. Je poursuivis mon devoir jusque tard dans la soirée et allai me coucher. L'appartement était petit, composé de deux pièces. Mick dormait dans le salon sur un clic clac et je dormais dans la chambre où était également installé mon bureau. En résumé, un deux pièces minable.

Je dormis mal cette nuit là et me réveillai à plusieurs reprises. Quand le réveil sonna, j'eus du mal à croire qu'il était déjà l'heure de se lever. Frustré, j'appuyai sur le bouton afin de stopper cette nuisance sonore infernale et restai un moment éveillé, allongé dans le lit, me demandant ce que je devais faire. Une petite voix me dit : « Tu n'es pas bien là, couché dans ton lit ? A quoi bon se lever? Pour aller en cours? Pfff, tu n'écoutes jamais rien...» Puis, une autre s'éveilla : « Lève-toi! C'est comme ça que tu vas décrocher ton diplôme et obtenir un emploi. Des tas de gens aimeraient être à ta place, alors lève toi et vas en cours... ». Très honnêtement, la première voix me parut plus sympathique et le programme qu'elle m'offrait était tout de même très tentant. Cependant, la seconde, plus autoritaire, m'effraya un peu et je décidai donc de suivre ses ordres. Je me levai et allai me préparer un café. Mick dormait encore sur son lit improvisé. « Vieille loque... », pensai-je. Pour ne pas le réveiller, j'allai prendre mon petit déjeuné sur mon bureau et alluma mon ordinateur portable. En ouvrant la page web d'accueil, un récapitulatif des dernières nouvelles apparut. Un encadré iconographique illustrait chaque sujet avec en dessous, un titre d'information. Le premier représentait un accident de la route intitulé « Crash mortel un vendredi 13 ». Le deuxième dressait l'image d'un président de la république, bras levés et sourire aux lèvres. On pouvait lire en dessous *«Le président nous promet un avenir meilleur»*. Le suivant revendiquait l'impact des producteurs de pétrole sur la couche d'ozone. J'avais du mal à comprendre l'utilité de l'abondance d'informations. A travers les médias, des centaines d'« évènements » circulaient chaque jour et on pouvait se tenir informer en direct vingt-quatre heures sur vingt-quatre de ce qui se passait dans le monde. Mais à quoi bon? Les gens étaient-ils à ce point à l'affût par pure voyeurisme. Ou bien connaître les informations de dernières minutes leurs procuraient-ils une impression de contrôle sur leurs vies. Après avoir médité sur ce sujet quelques instants, j'éteignis l'ordinateur et le rangeai dans mon sac. Puis, après avoir pris une douche et m'être habillé, je sortis de l'appartement en prenant soin de ne pas claquer la porte trop brutalement. Mon colocataire dormait toujours...

Chapitre 2

« Le passé ne cesse de se consumer, mais en
faisant ainsi, il nous consume aussi »

J'étais en route pour rendre visite à mes parents
quand j'entendis mon téléphone vibrer. Prudemment,
je le saisis. Je venais de recevoir un texto. Tout en
gardant un œil sur la route, j'ouvris le message. Il
provenait d'une fille nommée Jessica, qui faisait partie
de ma promotion à l'université. Elle me demandait si
j'avais avancé sur mon devoir et si éventuellement je
pouvais lui envoyer ce que j'avais déjà écrit. «Va te
faire foutre» pensai-je. Quel culot! Jessica était le
genre de fille hypocrite et intéressée qui n'était
aimable que lorsqu'elle était dans le besoin. Mais
lorsqu'une personne ne lui était d'aucune utilité, elle la
méprisait et ne lui accordait aucune attention positive.
Il faut croire qu'aujourd'hui, Jessica s'intéressait à
moi... J'allais répondre négativement à sa requête,
mais plus tard. Je n'allais pas risquer un accident pour
cette garce. Je continuais ma route et observais le
paysage qui défilait devant mes yeux. Je m'approchais
de ma ville natale à présent, et le décor me paraissait
de plus en plus familier. Ces années passées ici
m'avaient laissé de beaux souvenirs. Soudain, des
images ressurgirent et occupèrent mon esprit. Je me

remémorai mes rentrées des classes, mêlées d'appréhension et d'excitation, les nuits glaciales de l'hiver passées avec ma mère, qui veillait tendrement sur moi. Je me rappelai mes camarades et les fêtes d'anniversaire. Je me souvins des moments où la famille se réunissait. Dans ces instants, le temps semblait s'arrêter. L'euphorie et la quiétude régnaient. De mon point de vue d'enfant, ces moments semblaient irréels, magiques. Plus rien n'existait, plus rien n'avait d'importance. Nous étions tous réunis, et c'était tout ce qui comptait. Alors que je continuais ma route, je réalisai que ces souvenirs appartenaient à un passé déjà lointain. Ils semblaient faire partie d'une autre vie, différente de celle que je vivais aujourd'hui. Une vie qui n'existait plus. Une vie qui avait disparu petit à petit, au fil des mois et des années. Cette vie là s'était essoufflée.

Le panneau que je franchis m'indiqua la sortie à deux kilomètres. Je parcourus encore quelques centaines de mètres et mis mon clignotant avant de quitter l'axe principal. Après avoir roulé pendant encore une quinzaine de minutes, j'arrivai enfin au cœur du quartier dans lequel j'avais grandi. Les bâtisses qui le constituaient semblaient avoir subi les outrages du temps. Les jardins, en ce mois de novembre, s'étaient éteints et les arbres dépourvus de feuilles semblaient se mourir. Ce spectacle macabre me rendit triste et nostalgique. Je me garai en face de mon ancienne demeure, coupai le contact et descendis de voiture. La porte de la maison s'ouvrit instantanément et laissa apparaître la silhouette de ma mère. Je ne pus m'empêcher de sourire. Elle semblait radieuse et tellement contente de me voir. Mon père apparut peu de temps après dans l'encablure de la porte et me salua à son tour. Après ces moments de retrouvailles, je rentrai à l'intérieur. Dans le salon, rien n'avait changé. Depuis que j'avais quitté cet endroit, le mobilier et la décoration étaient restés inchangés dans le but de se souvenir, je suppose, de l'époque où nous vivions ensemble et où la routine guidait nos vies. Les photos de famille disposées sur les meubles donnaient l'impression de raconter une histoire, l'histoire de nos existences. Je les regardai un instant avant de retourner à la voiture et récupérai ma valise. Puis, j'empruntai l'escalier situé à gauche de la porte d'entrée. En arrivant à l'étage, je fis encore quelques pas et entra dans ma chambre. Là aussi, tout était identique. La table de nuit, les posters affichés au mur, la petite étagère où des livres étaient soigneusement rangés. Ma chambre était restée ma chambre, comme si elle avait attendu patiemment mon retour. Après avoir posé mon sac, je m'allongeai sur le lit. Je jetai un coup d'œil à la fenêtre. Dehors, le vent s'était levé. Le ciel grisâtre plongeait le quartier dans une atmosphère mystique. L'hiver approchait et transformait déjà le décor, mais il contrastait tellement avec les journées joviales de mon enfance que je ne pus m'empêcher de penser que la grisaille n'était pas la seule responsable de ce changement d'atmosphère. Les années avaient passé, les gens étaient partis, certains s'étaient perdus de vue. Les rires d'enfants jouant dans la rue avaient laissé place à un silence pesant. La nuit tombait peu à peu et ne faisait qu'accentuer la gravité de ce spectacle tragique. Un parfum nostalgique à la fois doux et amer s'empara de moi. Je fermai les yeux un moment et commençai à m'endormir quand une voix se fit entendre derrière la porte.

— Tu es bientôt prêt? demanda ma mère. Nous allons bientôt dîner.

— Oui, j'arrive tout de suite, répondis-je.

— Très bien! A tout de suite, mon chéri.

J'entendis des pas s'éloigner puis le bruit grinçant de l'escalier. Je sortis de ma chambre, et entra dans la salle de bain, qui se trouvait au bout du couloir sur la droite. J'ouvris le robinet et m'humidifiai le visage. Je jetai un rapide regard en direction du miroir. Le jeune homme que je regardai paraissait fatigué, désorienté. Déçu du reflet que l'on me proposait, je m'essuyai le visage et sortis de la pièce.

Nous commencions à dîner lorsque ma mère entama la conversation :

— Alors, comment vas-tu? Ca se passe bien à l'université?

— Oui ça se passe bien, mentis-je. Comme d'habitude.

— Bon, et quand passes-tu tes examens?

— Au moi de Mai.

Mon père intervint, sentant mon désintérêt pour la conversation.

— Tu sais, la fin de tes études approche. Tu n'as plus que quelques mois et après...

— Après quoi?, le coupai-je un peu brutalement.

Son visage se crispa et je sentis qu'il n'avait pas du tout apprécié ma réaction. Il se contint malgré tout et poursuivit calmement.

— Beaucoup de portes s'ouvriront à toi.

Je commençais à en avoir par dessus la tête que l'on me dise qu' « après » je pourrais m'épanouir. « Après, après, après... » Depuis le lycée, on ne cessait de m'affirmer que de bonnes choses allaient se produire et qu'il suffisait d'être patient. Mais les années s'étaient écoulées et ma patience était en train d'atteindre ses limites. Cependant, m'avouant vaincu une nouvelle fois, je répondis :

— Oui, d'accord.

J'avais pourtant essayé d'être le plus convaincant possible mais mes parents n'avaient pas été dupes. Ils sentaient bien que je prenais sur moi et que j'avais répondu dans leur sens simplement pour esquiver la conversation. Ils paraissaient inquiets. Ma mère changea alors de sujet :

— Et sinon, comment ça se passe là-bas? Les gens dans ton école sont-ils gentils? As-tu une petite amie?

— Je ne les connais pas bien. Je discute de temps en temps avec certains d'entre eux mais ça s'arrête là. Je n'ai pas non plus de copine mais ce n'est pas ma priorité. J'attends juste que l'année se termine, et puis on verra bien.

Je sentais un certain malaise s'installer dans la pièce. Mes parents se regardèrent alors, comme s'ils cherchaient à savoir lequel des deux devait prendre la parole. Finalement, au bout de quelques secondes, ma mère décida de rompre le silence. Le regard un peu évasif, elle s'adressa à moi.

— Ecoute Tom, avec ton père, on se fait du souci pour toi. Tu te comportes de manière étrange ces temps-ci. Tu es là, mais c'est comme si tu n'étais pas réellement avec nous. Nous pensons que tu devrais peut-être voir quelqu'un pour...

— Un psy!, la coupai-je, surpris par cette déclaration. Tu veux que j'aille consulter un psy! Je n'ai pas besoin d'aller voir qui que ce soit. Je vais bien, je suis juste un peu fatigué, affirmai-je sans en penser le moindre mot.

Visiblement peu convaincu, mon père adressa à ma mère un regard sceptique. De toute évidence, ils ne croyaient pas un mot de ce que je venais de raconter. Il parla à son tour :

— Tu sais, ça pourrait te faire du bien. Et puis, si ça ne te convient pas, tu arrêtes. Ca ne t'engage à rien...

Je voulus rétorquer et contre attaquer comme dans un match de boxe mais je me mis soudain à réfléchir à ce que je venais d'entendre. Je méditai un instant. Devrais-je écouter mes parents? Ai-je vraiment besoin de consulter un psychologue? Mes parents attendaient patiemment alors que je commençais tout doucement à me faire à cette idée. Je devais admettre que je ne me sentais pas en forme en ce moment. Et même si je pensais qu'un psychologue ne changerait rien à la situation, je répondis :

— Bon, je ne sais pas si ça pourrait être utile, mais je veux bien essayer. Mais si jamais ça ne me convient pas, j'arrête, sans demander votre avis.

Chapitre 3

« Peu importe les circonstances, nous avons toujours le choix »

Du courrier avait été déposé par dessous la porte. Ramassant le petit tas d'enveloppes, j'appelai mon colocataire. Ne recevant aucune réponse, je présumai qu'il n'était pas encore rentré. Il était lui aussi parti en week-end pour rejoindre ses proches. Il appréciait sa famille et regrettait de ne pas pouvoir passer plus de temps avec eux. Mais le fait d'habiter avec moi atténuait un peu sa déception. Nous nous étions rencontrés alors que nous n'étions que des enfants. Nous avions grandi ensemble et étions parvenus à préserver cette amitié. Ce n'était pas seulement une question de durée ou de fidélité, c'était bien plus que cela. Nous nous complétions. Nous nous comprenions. Quelque chose de difficilement descriptible. Rare. Nous étions différents mais pourtant si semblables. Rien n'avait entravé notre amitié. Aucune personne extérieure n'avait entaché notre confiance l'un envers l'autre. Rien ni personne ne nous avait séparé. On se respectait et s'appréciait pour ce que l'on était.

Je venais de passer un week-end agréable avec mes parents. Malgré la discussion houleuse du premier soir, les deux jours qui avaient suivi s'étaient déroulés dans une atmosphère paisible et saine. J'avais vite retrouvé mes habitudes et pris goût à être de nouveau chez moi, là où j'avais vécu la majeure partie de ma vie. Malheureusement, le dimanche était arrivé brutalement et avec lui le moment de rentrer. Avant de partir, mes parents m'avaient communiqué le nom et l'adresse d'une psychologue, non loin du quartier dans lequel je résidais. Ils me l'avaient écrit sur un bout de papier de manière très lisible. Je le sortis de ma poche et regardai : « Michelle Gray, Psychothérapeute ». Savoir que la personne à qui j'allais me confier était une femme me rassurait. Je m'imaginais davantage confier mes sentiments et évoquer mes tourments avec une personne du sexe opposé. En posant le petit papier blanc, je jetai un coup d'œil au courrier. Deux lettres. L'une d'entre elles m'était adressée. Je l'ouvris et en sortis un coupon rectangulaire. Ecrit en gros, le titre annonçait : « Un petit geste pour vous, un grand bonheur pour les enfants du Kenya ». L'université organisait un fond de récolte pour les enfants victime de la famine. A cette occasion, les instigateurs de cette action de solidarité prononceraient un discours afin de sensibiliser les étudiants à la catastrophe humanitaire qui frappait ce pays d'Afrique de l'Est. Je remis le coupon dans son enveloppe et la déposa sur mon bureau. Puis, je m'allongeai sur mon lit et fermai les yeux.

Quand je les rouvris, la lumière du jour inondait la pièce. «Et merde». La clarté du jour m'éblouit lorsque que je me levai. Je saisis mon téléphone portable dans la poche du jean avec lequel j'avais dormis et appuya sur une touche. L'écran s'illumina et m'indiqua l'heure : neuf heure quinze... « Et merde…». J'attrapai mon sac de cours dans le «salon». Mick regardait un documentaire animalier. Des singes, je ne saurais dire l'espèce, s'amuser à se titiller l'oreille. La voix off commentait :

« Ce phénomène est tout sauf anodin. En acceptant d'être touché de la sorte, ce singe envoie un signal à son homologue. Grâce à celui-ci, ces animaux développent un esprit de confiance et de solidarité qui leur permettront d'améliorer leur chance de survie. En effet, en milieu hostile... ».

En enfilant mes chaussures, je lui demandai :

— Pourquoi ne m'as tu pas réveillé? J'ai déjà loupé la première heure...

— Désolé, je croyais que tu ne commençais qu'à dix heures, répondit-il.

— Ce n'est pas grave. De toute façon, le cours de droit est loin d'être indispensable.

Il rigola en ajoutant:

— Ca, c'est bien vrai. Je me demande de quoi sont faits les gens capables d'apprécier cette matière. Dieu merci, j'en ai fini avec ces conneries. Allez, bon courage!

— Merci, répondis-je en fermant la porte.

En arrivant devant l'université, je réalisai que j'étais la seule personne présente à l'extérieure du bâtiment. Je ne comprenais pas. D'habitude, les campus sont toujours bondés. Il y a toujours du monde. Des étudiants qui entrent et qui sortent de l'établissement. Des gens assis en tailleur dans l'herbe occupés à refaire le monde. D'autres sur les marches à réviser leurs cours. Même à cette période de l'année, il y avait toujours une présence humaine. Je m'avançai d'un pas mal assuré vers l'escalier qui menait à l'entrée principal. Après avoir franchis l'imposante porte en marbre, je m'engageai dans le couloir sur ma gauche. J'avais loupé les deux heures de droit, j'assisterai au cours de marketing. La sonnerie retentit, signalant la pause matinale. Les portes s'ouvrirent et une foule d'étudiants en sortirent. J'avançai à contre courant. J'errai lentement au milieu du vacarme. La rapidité des éléments extérieurs contrastaient avec ma démarche et me donnaient l'impression d'évoluer dans un monde parallèle. Personne ne semblait me remarquer. J'étais invisible. Je parvins tout de même à atteindre mon objectif et entrai dans la salle de classe. Le professeur de droit — un quinquagénaire gringalet aux cheveux grisonnants — rangeait ses feuilles de cours dans une mallette noire. Il avait l'air serein. Il classait ses documents comme il le faisait toujours, avec la même gestuelle, la même application et le même entrain. C'était le genre de personne qui se satisfaisait de ce que la vie lui donnait. La routine lui convenait à merveille et il ne demandait pas son reste. Il s'apprêtait à quitter la salle quand il m'aperçut devant la porte.

— Ah bonjour Tom. Que s'est-il passé ce matin? me demanda t-il.
— Bonjour monsieur Root, je vous prie de m'excuser. J'avais un rendez-vous.
— D'accord, ce n'est pas grave, me répondit-il gentiment. Mais prenez soin de rattraper le cours en demandant les notes de l'un de vos camarades. Ah, et au fait, j'en profite pour vous dire que le responsable de la formation Monsieur Mason souhaite que vous passiez le voir dès que possible.

Surpris, je demandai :
— De quoi s'agit-il?

— Je ne sais pas. Il m'a simplement demandé de vous faire passer le message.

— Bien, je vous remercie, répondis-je. Au revoir.

— Au revoir Tom, dit-il en saisissant sa mallette.

Je repris mon chemin dans le sens inverse, songeur. Que me veut-il celui là!? Mason avait été directeur marketing dans une grande entreprise commercialisant du matériel multimédia. Il avait ensuite décider de changer de trajectoire et s'était retrouvé dans cette université dans laquelle il avait choisi de postuler au poste de responsable des formations spécialisées dans le secteur tertiaire. Il s'occupait d'examiner les dossiers des candidats et de gérer le parcours scolaire des étudiants. Je suppose que ce revirement professionnel lui permettait de passer plus de temps en famille et de dépenser moins d'énergie dans l'anxiété et la recherche de méthodes de ventes toujours plus sophistiquées. Je ne l'appréciais guère et devoir lui rendre visite ne m'enchantait pas du tout. Je me rendis devant la porte où était inscrit en grosses lettres noires « MR MASON RST ». « R.S.T ». Les abréviations étaient à la mode aujourd'hui et offraient l'illusion d'être quelqu'un d'important. Je frappai à la porte. Une voix plutôt grave et autoritaire me donna l'autorisation d'entrer. J'actionnai la poignée et fit mon apparition.

— Ah, Monsieur Heath... commença-t-il

— Bonjour, monsieur Root m'a informé que vous souhaitiez me voir, répondis-je

— Tout à fait. Asseyez-vous, je vous pris.

Je m'exécutai. Il reprit :

— J'ai en effet souhaité vous rencontrer. Voyez-vous, les professeurs de votre formation et moi-même nous rencontrons régulièrement afin de faire le point sur l'année en cours. Aussi, à cette occasion, nous évoquons la présence et l'assiduité des élèves. Il se trouve que certains de vos formateurs ont constaté un manque d'attention évident de votre part.

— Un manque d'attention?, répétai-je.

— Oui, ils ont l'impression que vous subissez plus le cours que vous n'y participez. La plupart d'entre eux vous connaissent depuis la première année et avouent ressentir un déclin progressif de votre intérêt pour les enseignements.

Ils avaient vu juste. Je ne pensais pas que l'on pouvait lire aussi clairement dans mon jeu. Le fait d'entendre ces propos me déstabilisa et je décidai de botter en touche.

— Je suis un peu fatigué ces temps-ci, mais je vais faire des efforts pour être plus attentif.

— J'apprécie votre compréhension, mais si j'en crois vos enseignants, il ne s'agit pas d'un problème ponctuel, mais plutôt d'un désintérêt de plus en plus grand pour la formation au fil des mois, reprit-il.

Me sentant pris au piège, je tentai d'expliquer partiellement les propos de mes professeurs :

— Ecoutez, il est vrai que je suis moins attentif. Disons que certains cours m'intéressent moins que d'autres et que donc je peux paraître un peu ailleurs par moment.

— Je comprends que vous ayez des préférences concernant certaines matières mais vous ne pouvez vous permettre d'abandonner les autres. Elles sont toutes nécessaires et vous permettront d'avoir les connaissances requises par votre prochain employeur.

Il fit une pause avant de reprendre :

— Une fois que vous aurez obtenu votre diplôme, que comptez-vous faire? Quel est votre projet professionnel?

Je détestais ce genre de questions auxquelles je n'avais aucune réponse à donner. Je n'avais d'autres solutions que de dire la vérité.

— Pour le moment, je n'ai pas d'idée précise en tête, admis-je.

Il parut interloqué.

— Vous arrivez au bout de votre cursus universitaire et vous ne savez toujours pas dans quel domaine vous allez postuler!? Dans ce cas, je ne peux que vous conseiller de rester attentif dans chaque matière. Je compte sur vous pour vous ressaisir. La fin de l'année approche et vous devez être dans les meilleures conditions pour passer l'examen final, dit-il d'un ton ferme.

— Oui, répondis-je passivement.

Il poursuivit.

— Bientôt, vous travaillerez pour un patron et vous devrez être irréprochable. Vous ne pourrez vous permettre de vous comporter tel que vous le faîte dans cet établissement. Le monde professionnel exige rigueur et discipline. Alors, autant vous y préparer dès à présent.

Il regarda la porte puis son regard revint vers moi :

— Vous pouvez y aller.

Je sortis du bureau de Mason et regagnai la salle de classe où le cours de droit des affaires avait déjà commencé. Je frappai à la porte, m'excusai auprès du professeur pour mon retard avant de m'asseoir et de me perdre à nouveau dans mes pensées qui m'emmenèrent bien loin des droits et devoirs des entreprises.

La semaine n'avait fait que commencer. Pourtant, en ce début de soirée, une fatigue écrasante m'annonçait des jours difficiles. Je descendis comme d'habitude les marches menant au couloir de métro avant de franchir le portillon et de monter dans un compartiment vide. Puis je mis la main dans la poche de mon jean et en ressortis le bout de papier. Dessus était inscrit : «Michelle Gray». Mon attention resta focaliser un moment sur ce nom. Dans ma tête, des idées floues affluaient. « Que dois-je faire? », « En as tu besoin? », « Je n'ai pas envie d'aller la voir », « Pourtant ça pourrait être bénéfique », « Tu n'en as pas besoin », « Tu en as besoin », « Tu as promis à tes parents ».

Une voix électronique m'extirpa de mon hypnose. J'étais arrivé. Entre temps, le wagon s'était rempli sans même que je m'en aperçoive. Dans une synchronisation parfaite, le métro s'arrêta et les portes s'ouvrirent. A peine ouvertes, la foule s'empressa de sortir. Il fallait être sacrément programmé pour anticiper l'ouverture des portes et éviter d'heurter violemment leurs devantures. J'étais certain que si l'on décidait de retarder le mécanisme d'un dixième de seconde, des centaines de personnes se retrouveraient la tête amochée en se demandant ce qui avait bien pu se passer. Je descendis du wagon et suivis le troupeau.

De retour chez moi, je m'affalai sur le canapé et commençai à regarder la télévision. A l'écran, une jeune femme, la trentaine, racontait pourquoi elle s'était rapprochée émotionnellement de « Jennifer » tout en critiquant le comportement de « Noémie ». Puis, elle évoqua la tristesse qui s'était emparée d'elle lorsqu'elle avait découvert que « John » avait noué des sentiments amoureux avec « Laurène ». En plan rapproché, on pouvait lire sur son visage toute sa détresse. Puis, une larme coula de son œil droit et la séquence passa en un éclair sur un gros plan, fixant la pupille humide. Je zappai, dégouté par ce court passage de téléréalité. Le voyeurisme m'écœurait, la tromperie aussi. Qu'y avait-il de réel dans le fait d'interviewer des candidats sur leurs relations au sein d'un groupe préfabriqué. J'avais remarqué que les «stars» de ces émissions étaient tout le temps les clichés des individus qui peuplent notre société. D'abord, il y a la blonde décoloré, bête, inutile, aux discussions stériles. Puis une autre femme, manipulatrice, faussement bien élevé. Vient ensuite l'abruti aux gros bras et l'homme sentimental à qui toutes les filles viennent se confier. Ajouté à cela une grande folle et une femme complexée par ses rondeurs et nous obtenons un cocktail fatal. C'est tellement médiocre. Le pire, c'est que des millions d'abrutis s'extasient et s'identifient à ce genre de conneries. La chaîne suivante parlait des trente glorieuses ou comment après la seconde guerre mondiale, le monde était entré dans une période prolifique. Je changeai de chaîne à nouveau mais mon esprit était accaparé par tout autre chose. Cet hypothétique rendez-vous retenait toute mon attention. Je devais prendre une décision. Réfléchissant, perdu une fois de plus dans mes pensées, je n'entendis pas Mick rentrer. Ce n'est que lorsqu'il apparut devant moi que je remarquai sa présence.

— Salut, ça va?, me demanda t-il, peut-être surpris par mon attitude.

Revenant à la réalité, je répondis :

— Hey! Oui, ça va. Et ta journée?

— Une journée tranquille, pas trop de travail.

— Une journée qui te convient bien en somme, le provoquai-je gentiment

— Va te faire foutre, me répondit-il en rigolant.

Il se dirigea vers la cuisine et ouvra le placard au dessus de l'évier. Il en sortit un paquet de gâteau au chocolat et vint s'asseoir sur un fauteuil en face du canapé. C'est à ce moment qu'il remarqua le bout de papier. Il le saisit, l'observa, puis m'adressa un regard interrogateur.

— Tu vas aller voir un psy?, demanda t-il d'un ton calme et sérieux.

— Je ne sais pas, j'y réfléchis. C'est possible, admis-je.

Il marqua une pause. Un cours silence s'en suivit, mais suffisamment long pour installer un malaise. Heureusement, il finit par dire :

— Je savais que tu n'allais pas très bien. Je croyais que c'était passager. Je ne pensais pas que cela en était au point d'aller consulter un psychologue. Veux-tu en parler?

— C'est gentil mais je ne saurais pas vraiment par où commencer. Ce week-end, mes parents et moi avons eu une discussion un peu mouvementée, suite à laquelle ils m'ont fait part de leur inquiétude à mon égard. Ils me trouvent changé ces derniers temps. Ils s'inquiètent pour moi et m'ont demandé d'aller voir cette dame. J'ai accepté. Mais là, maintenant, je ne sais plus. Je suis un peu perdu.

Je regardai mon colocataire et lui demandai :

— Qu'en penses-tu toi? Que devrais-je faire?

Il parut réfléchir un instant. Puis :

— C'est peut-être une bonne idée. Ces gens savent trouver les mots. Ca pourrait t'aider même si je n'en suis pas totalement convaincu. Cependant, tu n'as rien à perdre. Ca rassurerait tes parents mais tu dois d'abord penser à toi, c'est le plus important.

Ses paroles me rassurèrent. Je pouvais compter sur lui. De toutes les personnes que j'avais rencontrées dans ma vie, il était le seul en qui j'avais pu garder une totale confiance. Après l'avoir écouté, je réfléchis encore quelques secondes. Cette fois, la décision était prise. Je me levai du canapé, entrai dans ma chambre et composai le numéro. Au bout de quelques sonneries, une voix douce et posée me répondit. Une voix relaxante qui vous met tout de suite à votre aise. Je demandai à prendre rendez-vous et la personne à l'autre bout du fil me proposa de venir le vendredi suivant. J'acceptai et la remerciai avant de raccrocher dans un soupir de soulagement.

Chapitre 4

« You all stare but you'll never see »
« Vous regardez tous mais vous ne verrez jamais »
Corey Taylor

Alors que j'arrivai dans l'amphithéâtre de l'université, la salle était déjà bien remplie. Je choisis un siège qui me paraissait ni trop exposé, de telle sorte que je puisse m'éclipser discrètement si l'intervention s'avérait être d'un ennui mortel, ni trop éloigné, de façon à être suffisamment près des orateurs en cas d'informations potentiellement intéressantes. Quelques minutes s'écoulèrent puis le responsable des études supérieures fit son apparition. Il paraissait visiblement fier et un sourire inhabituel pouvait se lire sur son visage. Il était suivi de deux autres individus. Le premier, un homme, la cinquantaine, d'une taille supérieur à la moyenne, brun et en surpoids évident, portait un costume qui semblait avoir été fabriqué sur mesure. Derrière lui, une femme plus jeune, aux cheveux châtains, portait un tailleur et un chemisier sobre assortis à des chaussures à talons. Le cliché de la femme moderne ayant réussi sa vie professionnelle et revendiquant l'égalité des droits en tant que « femme ». A coup sure féministe.

Mason se positionna derrière le microphone de l'amphithéâtre et pris la parole. Il s'était lui aussi mis sur son trente et un. Il portait un costume sombre semblable à celui de l'homme qui se tenait derrière lui. Cette pièce devait être hors de prix, tout comme la chemise et la cravate qu'il ornait fièrement. Ce gros porc avait sans aucun doute loué tous ces artifices pour l'occasion. Habituellement, il portait un costume bon marché, une cravate laide et des chaussures qu'ils renouvelaient à chaque période de soldes. Il se tenait devant nous, enjoué, et prêt à délivrer un discours plus que prévisible. Il commença ainsi :

« Mes chers étudiants ».

Dès la première phrase, plusieurs élèves se regardèrent d'un œil ironique et complice. « Mes chers étudiants ». Etait-il seulement sérieux ? Il était plus connu pour être antipathique et hypocrite qu'accueillant. Il poursuivit :

« Aujourd'hui, l'université a l'honneur et le privilège d'accueillir en ses murs le ministre des affaires étrangères Monsieur John Mayden ainsi que la porte parole de l'organisme à but non lucratif « For a better World », Madame Jeanine Debt. Malgré un emploi du temps surchargé, ces personnages publics ont accepté de venir témoigner et de partager avec vous leurs savoirs et leurs expériences afin de vous sensibiliser à une tragédie humaine qui frappe depuis maintenant trop longtemps un pays méconnu de l'Afrique de l'Est, le Kenya. Mais je n'en dis pas plus, et merci de faire une ovation pour ces gens respectables qui se battent chaque jour pour faire de notre monde un endroit meilleur ».

Des applaudissements éclatèrent dans tout l'amphithéâtre. Je faillis m'étouffer à l'écoute de notre cher responsable Monsieur Mason. Autant d'hypocrisie et de banalités en si peu de temps m'étaient difficilement supportables et je me dis qu'il ferait mieux de se presser de rapporter son costume à deux milles dollars au magasin avant que celui-ci ne ferme et ne lui facture la nuit. Les applaudissements cessèrent alors que le ministre leva le bras en signe de remerciement. J'avais déjà vu à plusieurs reprises ce geste à la télévision, lors de discours électoraux. Faisait-il parti de la formation des hommes d'état, comme pour répondre à l'acclamation de la foule ? Peut-être. Puis il prit la parole :

« Mesdemoiselles, Messieurs, bonjour. Merci d'être venus nombreux nous écouter, Madame Debt et moi-même, et ainsi vous permettre d'apprendre sur le monde, de découvrir ses caractéristiques et ses enjeux. Aujourd'hui, comme vous l'a annoncé Monsieur Mason, nous sommes venus vous parler d'une catastrophe, d'une tragédie, qui frappe le Kenya ». Les deux protagonistes commencèrent par présenter le pays : démographie, histoire, situation économique et autres informations générales. La salle était calme et attentionnée. Le discours était intéressant et j'y accordais une réelle attention. Malgré tout, un doute subsistait. Le coupon d'information qui m'avait été distribué quelques jours auparavant était resté plutôt évasif quant à l'objet de la venue du ministre et de cette porte parole. Que venait faire ces gens hauts placés dans cette petite université? Ce n'était certainement pas pour nous donner un cours de géopolitique. Mes craintes furent confirmées quelques instants plus tard, quand je compris de quoi il en retournait. Alors qu'il s'apprêtait à dévoiler la raison de sa présence, le ministre des affaires étrangères modifia légèrement le ton de sa voix, comme l'on accorde un instrument de musique, en cherchant à lui donner une sonorité plus dramatique. Il continua :

« Mes chers amis, l'avenir du Kenya n'est pas encore écrit. Vous avez la chance de vivre dans un pays démocratique, qui prône des valeurs respectables. Vous avez le droit à une éducation, à un emploi, à la liberté. C'est pourquoi je vous demande aujourd'hui de venir en aide à ce pays d'Afrique. Aidez ses enfants qui subissent chaque jour la misère, la violence et l'angoisse. Apportez-leur votre aide de telle sorte qu'ils puissent avoir accès à l'éducation. La solidarité est l'une des plus belles valeurs qui existent, et notre pays a montré à plusieurs reprises sa générosité envers les plus démunis. Ce pays, mes amis, c'est chacun d'entre vous. Je vous sollicite donc à vous rendre dès à présent à la sortie de l'amphithéâtre où des formulaires vous attendent. Vous pourrez donner la somme que vous souhaitez et ainsi participer à créer des écoles, des bibliothèques, des hôpitaux. Vos dons serviront aussi à procurer aux écoliers des livres scolaires dignes de ce nom ainsi que du matériel adéquat. Vous faciliterez et améliorerez l'éducation de ces enfants qui n'ont pas eu les mêmes chances et vous serez les pionniers du changement. Merci à vous, de bouleverser le destin des enfants kenyans. Merci. » Mayden donna ensuite la parole à la jeune femme et quelques minutes plus tard, après que cette dernière ait insisté encore un peu plus sur la pauvreté du Kenya, les étudiants se levèrent et firent une ovation pour ces deux individus.

A la sortie de l'amphithéâtre étaient dressés des petits stands improvisés destinés à collecter les fonds. Ils furent pris d'assaut. Des dizaines de personnes patientaient, attendant leur tour pour donner généreusement leur argent. Je choisis de passer mon tour et pris la direction de la sortie. Alors que je m'apprêtais à descendre l'escalier de l'entrée principal, quelqu'un m'interpella. Je ne reconnus pas tout de suite cette voix familière. Je me retournai. C'était Jessica. Elle s'approcha de moi. Elle portait un jean à la mode et un décolleté qui en laisserait plus d'un pantois. Elle tenait de son bras droit un sac qui devait certainement contenir autant de produits de beauté que de matériels scolaires et de l'autre un manteau en peau de léopard. Elle me demanda :

— Où vas-tu comme ça ?

— Je rentre chez moi, répondis-je, un peu étonné par la question.

— Mais… Tu ne restes pas pour faire un don? continua-t-elle.

— Non, je ne fais pas de dons, dis-je très calmement.

Elle parut étonnée mais n'avait apparemment pas l'attention d'en rester là.

— Mais pourquoi ? Enfin, tu as entendu ce qu'a dis Monsieur Mayden! C'est terrible ce qui se passe au Kenya! Ca ne te touche pas, toi ? Moi, ça m'a bouleversé. D'ailleurs, je viens de donner 50 dollars, affirma t'elle fièrement.

— C'est très bien, je te félicite, tu t'es comportée en parfaite citoyenne, répondis-je en tentant de masquer mon amusement.

Mais visiblement, Jessica ne devait pas connaître l'ironie car elle parut satisfaite de ma remarque.

— Merci, finit-elle par dire.

Puis elle partit après m'avoir adressé un bref signe de la main. Je repris mon chemin et descendis l'escalier. En quittant l'université après avoir franchis le portail, j'aperçus John Mayden et Jeanine Debt sur le parking de l'université. Ils montèrent dans un 4x4 noir métallisé. A l'allumage, l'engin émit un son puissant comme on en voit dans les films d'actions à grand budget. Je regardai, dépité, le véhicule s'éloignait petit à petit à l'horizon.

A mon retour à l'appartement, je tombai nez à nez avec Mick qui rentrait du travail. Je lui posai alors la question de routine :
— Comment s'est passée ta journée ?
— Bof, pas terrible. Il y a des jours où je me demande pourquoi je me suis lancé là dedans, répondit-il.
« Tu m'étonnes », pensai-je.
Il me raconta son conflit avec un client peu sympathique et sa frustration vis-à-vis de son patron qui s'avérait être un véritable con, finalement. Puis, il se rendit dans la cuisine et revint quelques minutes plus tard avec deux tasses de café.
— Comment était la conférence?
— Un grand moment. Beaucoup d'émotions, des larmes mêmes. J'en suis resté tout chose, ajoutai-je avec un sourire sarcastique.
— Tu n'es qu'un enfoiré de cynique, me lança-t-il d'un ton jovial et complice.
— Tu n'as pas tort. Mais attends, écoute ça. Cet enfoiré de ministre commence par parler du Kenya. Pour être honnête, c'était intéressant car je ne connaissais rien de ce pays. Mais ensuite, on a eu droit à la séquence émotion, avec des photos d'enfants squelettiques dans des lieux délabrés. Tu vois le genre ? Enfin bref, après le diaporama et la leçon de morale,

nous avons été encouragés à faire don d'argent pour le Kenya.

Mick esquissa un sourire et répondis :

— Classique. Une personne publique se rend dans un établissement scolaire d'un pays occidental pour expliquer aux étudiants qu'ils ont bien de la chance d'être nés ici et les faire culpabiliser face à la situation de leurs homologues des pays pauvres.

— Oui, c'est tout à fait ça, affirmai-je dans un soupir.

Nous passâmes la soirée à discuter de choses et d'autres. C'était bon de pouvoir parler à quelqu'un qui me comprenait. Nous portions un avis commun sur la plupart des sujets et respections l'avis de chacun lorsque nos avis divergeaient. Il émanait un respect mutuel. Plus qu'une très bonne entente, une amitié. Une amitié comme il en existait peu, ou peut être, comme il n'en existait pas.

Chapitre 5

« I'm not supposed to be here, I'm not supposed to be
»
« Je ne suis pas supposé être ici, je ne suis pas supposé
être »
Corey Taylor

Alors que je m'engageai sur la voix rapide, je fus soudain pris de doutes. Le jour du rendez-vous chez la psychologue était arrivé et je commençais à me demander si j'avais fais le bon choix. Je ne voyais pas vraiment en quoi cela allait m'être utile. Je lorgnai dans le rétroviseur, hésitant à faire demi-tour. Les idées se bousculaient dans ma tête. J'énumérai alors les avantages et les inconvénients, pesai le pour et le contre, mais sans succès. Je ne parvenais pas à prendre de décision. Puis, je me rappelai la promesse que j'avais faite à mes parents. Les doutes se dissipèrent peu à peu et je ne regardai alors plus en arrière de tout le trajet.

Le cabinet du docteur Oray était situé à l'extérieur de la ville. Après avoir pris la sortie numéro huit, je parcourus encore quelques kilomètres avant de m'engager sur une route sinueuse. Les bâtisses se firent de plus en plus rares et bientôt j'atteignis l'orée d'une forêt quelque peu intimidante. En pénétrant à l'intérieur de celle-ci, je m'efforçai de garder les deux yeux rivés sur la route. Le spectacle qui s'offrait à moi était des plus lugubres. La lune éclairait la route uniquement par endroit. Après avoir roulé une dizaine de kilomètres, je sortis finalement des bois et aperçus les premières demeures. Je passai devant une petite église avant de prendre la direction du centre. Il n'y avait pas âme qui vive. Personne. Je me garai sur l'unique parking du bourg, coupai le contact et descendis de voiture. Je sortis le papier de ma poche et relus l'adresse. Après avoir marché pendant un bon quart d'heure, je commençai à perdre patience. Je m'apprêtai à appeler le cabinet quand je réalisai que celui-ci se trouvait à une vingtaine de mètres, plus en contrebas. Emmitouflé dans mon manteau, je m'approchai de la porte et sonnai avant d'entrer.

L'endroit était sombre et peu accueillant. Un couloir entouré de murs anciens et fatigués menaient à une porte sur laquelle était écrit : « SALLE D'ATTENTE ». J'actionnai la poignée et entrai. La pièce était similaire à n'importe quelle salle d'attente, avec des chaises de chaque côté et une table au milieu sur laquelle des magazines périmés dépérissaient. J'attendis un long moment, suffisamment pour me demander si Madame Oray ne m'avait pas posé un lapin. Finalement, au bout de trente minutes, j'entendis des pas résonner. Le bruit s'amplifia, puis quelques secondes plus tard, la porte s'ouvrit. Une femme aux cheveux grisonnant apparut et me salua avec un sourire chaleureux. Elle portait un pantalon marron et une chemise sobre. Elle me demanda de la suivre et nous prîmes la direction de son bureau. Nous franchîmes une porte en bois massif et pénétrâmes à l'intérieur de la pièce. Je restai soudain décontenancé. Cet endroit ne ressemblait en rien aux lieux que j'avais pu visiter par le passé. Les murs étaient ornés de vieux tableaux parfaitement conservés. Certains d'entre eux dressaient le portrait de femmes et d'hommes dont le regard véhiculaient des émotions diverses. Une cheminée était située au fond. Le feu crépitant et les flammes dansantes terminaient d'achever le côté surnaturel de l'atmosphère qui régnait dans cette pièce. En face de la cheminée, à quelques mètres, deux fauteuils étaient situés juste à côté d'un sofa qui s'intégrait parfaitement dans la pièce. Elle m'invita à m'asseoir sur l'un d'entre eux, se dirigea vers son bureau où elle sortit un calepin d'un tiroir et prit place en face de moi. Puis elle prit la parole :

    — Alors, Monsieur Heath, pouvez-vous m'expliquer la raison de votre présence ici ?

Après un temps d'hésitation, je répondis :

    — A vrai dire, je ne sais pas vraiment quoi répondre, madame. Mes parents me trouvent différent ces derniers temps. Ils m'en ont fait part et m'ont demandé de venir vous voir.

    — D'accord, fit-elle. Mais le fait d'avoir accepté n'est-il pas révélateur d'un quelconque problème, selon vous ?

    — Oui, peut-être. Le fait est qu'il m'est difficile de décrire ce qui ne va pas chez moi.

    — Vous savez, la plupart des gens qui viennent ici ne peuvent identifier ce qui les tourmente dès la première séance. Ne vous en faîtes pas. Nous allons prendre notre temps.

De cette personne émanait quelque chose de bon. Je me sentis tout de suite à l'aise. Des qualités propres à tous les psychologues, sans doute. Néanmoins, je me sentais bien. Elle reprit :

— Êtes-vous étudiant ou avez-vous débuté votre vie professionnelle ?

— Je suis étudiant en commerce international, en troisième année.

— Bien, vous allez donc bientôt obtenir votre diplôme. Pouvez-vous me dire ce qui vous stimule dans ce domaine ?

— Pas grand-chose, à vrai dire. J'ai suivi ce cursus un peu par défaut. Il faut bien faire quelque chose…

— Vous n'appréciez donc pas les matières qui y sont enseignées ?

— Disons qu'elles me laissent indifférent.

— Dans ce cas, pourquoi continuez-vous ? Pourquoi ne pas vous engager dans un domaine qui vous conviendrait davantage ?

— Tout simplement parce que je n'ai aucune idée de ce qui pourrait me convenir. Certaines personnes savent d'hors et déjà le métier qui les passionnera et qui leur donnera l'énergie de se lever le matin. Et donc, ils fournissent les efforts nécessaires car ils savent ce qui les attende au bout du tunnel. Mais ces gens ne représentent qu'une minorité. Les autres, dont je fais parti, étudient dans des domaines qu'ils n'apprécient que peu pour obtenir un emploi dans lequel ils s'ennuieront à longueur de journée.

— Ne pensez-vous pas que ces gens apprécient leurs activités professionnelles, malgré certains inconvénients que l'on retrouve dans chaque métier ?, me demanda t'elle.

— Non. Je pense qu'ils acceptent leurs vies sans broncher. Ils s'installent dans une routine et tentent de se convaincre que « ce n'est pas si mal après tout ». Seulement, je crains de ne pas en être capable.

Elle resta de marbre, sembla réfléchir un instant et me répondit :

— Je pense que vous n'avez toujours pas trouvé votre voie, tout simplement. Cela peut prendre du temps, vous êtes encore jeune. Vous ne devez pas vous inquiéter.

Elle aussi me sortait le couplet du « Cela ira mieux après" pensai-je en m'efforçant de cacher mon scepticisme et ma nervosité. Elle ne remarqua rien. Elle griffonna sur son calepin avant de le reposer sur l'accoudoir du fauteuil. Nous continuâmes à discuter un bon moment à propos de mes études. Elle m'interrogea sur les différents cours que je suivais, les débouchés et les réorientations scolaires possibles. Finalement, au bout d'une heure d'entretien, elle m'informa de la fin de la séance et me raccompagna jusqu'à la sortie. Cette personne était certes aimable et développait un sens de l'écoute irréprochable. Cependant, je restai quelque peu déçu et ne souhaitait pas réitéré l'expérience. Malheureusement pour moi, elle avait terminé le rendez-vous en me demandant mes disponibilités. Pris de court, je n'avais pas eu le temps d'inventer un mensonge. J'allais revenir le mercredi suivant.

Après avoir démarré le moteur, j'allumai la radio. En faisant défiler les stations, Je tombai finalement sur une chanson où un rappeur connu, passablement énervé, expliquait à sa femme qu'elle ne serait bientôt plus en vie. Le chemin du retour était tout aussi impressionnant que celui de l'aller, malgré le fait d'avoir déjà assisté au spectacle macabre que proposait cette forêt. Je sortis du bois au moment où, dans les enceintes, on distinguait clairement que l'individu excité avait apparemment tenu sa promesse.

De retour à l'appartement, je me rendis directement dans ma chambre après avoir salué Mick qui somnolait sur le canapé et m'attelai à un devoir de marketing que je devais rendre le lendemain. Cela faisait une semaine que ce travail avait été donné mais bien sûr, je ne l'avais toujours pas commencé. Le marketing : *« ensemble des actions qui ont pour objet de connaître, de prévoir, et éventuellement de stimuler les besoins des consommateurs ».* Autrement dit comment vendre quelque chose à quelqu'un qui n'en a pas besoin. C'est en cela que réside la magie de la publicité. Les annonceurs ont la faculté de donner vie au produit, de lui donner une âme. Un jean devient alors bien plus qu'un bout de tissu et des lunettes de soleil ne protègent des rayons ultraviolets qu'en second recours. C'est le pouvoir du marketing. Je passai deux heures à rédiger mon devoir. Fatigué, j'allai me coucher et m'endormis dans la foulée.

Je fus réveillé par la sonnerie de l'alarme de mon téléphone. Après l'avoir éteint, je me levai et me rendis dans la cuisine pour me préparer un café. Mick était toujours étendu sur le canapé. Pensant qu'il dormait, je lui dis doucement :

— Tu ne travailles jamais, en fait, gros feignant ?!

— Je suis réveillé, Tom.

Nous éclatâmes de rire et il se leva en m'informant que si, il travaillait aujourd'hui. Nous prîmes le petit déjeuner ensemble et quittâmes l'appartement à sept heure trente.

La journée passa lentement, très lentement. Je rendis mon devoir et assistai à tous les cours. L'ennui m'avait gagné dès le matin, lorsque le professeur de droit nous avait annonçait l'intitulé du chapitre : le droit des salariés ; il ne m'avait pas quitté de la journée. Je terminai ma journée de cours frustré, comme d'habitude depuis maintenant deux ans et demi.

La journée du lendemain ne fit pas exception. Pour seule consolation, le week-end était arrivé. Je n'avais rien de prévu en particulier, comme d'habitude. Mick allait rendre visite à ses parents. Je ne pouvais me rendre chez les miens car ils étaient partis en vacances pour une semaine. Je ne voulais pas rester seul et ne rien faire, alors je décidai de me rendre à la soirée organisée par ma promotion. Cela ne m'enchantait guère, mais c'était la seule solution pour ne pas rester enfermé dans mon appartement samedi soir.

La soirée débuta à vingt heure trente dans l'appartement de Jessica. Elle habitait chez ses parents, qui étaient parti en week-end dans leur maison de campagne. Ces derniers avaient réussi dans la vie. Jessica, à l'occasion d'un exposé sur la finance, avait évoqué leur vie professionnelle. Son père était trader. Il passait des heures à surveiller les fluctuations monétaires et autres coûts de matières premières. Sa mère avait suivi des études de droit. Je le savais car Jessica n'avait pas manqué l'occasion de remettre en cause les propos du professeur à de multiples reprises, prétextant en connaître suffisamment sur le sujet puisque sa mère était avocate. J'entrai dans le hall de la résidence et montai un escalier en marbre. A peine arrivé sur le seuil de la porte que je regrettai déjà cette initiative. J'entendis du bruit dans l'escalier, derrière moi. D'autres étudiants arrivaient. Trop tard pour faire demi-tour. Quand ils me virent, ils me saluèrent avant de sonner à la porte. Jessica vint ouvrir en souriant comme dans les publicités pour dentifrice. Elle nous invita à entrer. L'appartement était gigantesque. Un lustre massif était situé juste au dessus de l'entrée, comme pour annoncer la couleur. J'avançai et entrai dans le salon où des étudiants, séparés en plusieurs petits groupes, discutaient, un verre à la main. Un écran plat géant faisait face à un canapé en cuir noir. Sur une commode rétro et probablement acquise à un prix onéreux se dressait un portrait de la famille au complet. Sur leurs trente et un et arborant leur plus beau sourire, Jessica, son frère et ses parents semblaient représenter la famille modèle. J'errai discrètement dans la pièce lorsqu'un élève de ma classe nommé Craig m'aperçut et m'invita à rejoindre le groupe. Je saluai chaque personne et écoutai la conversation en cours. Il était sujet de l'avenir. L'un d'entre eux expliquait qu'il souhaitait poursuivre ses études dans une grande école pour pouvoir devenir directeur d'une entreprise dans quelques années. Il représentait l'archétype du type prêt à tout pour arriver au sommet. Je l'imaginais sans problème dénigrer ses collègues et cirer les bottes de son patron pour obtenir « la » promotion. Cupide, narcissique et sans intérêt. Il avait visiblement un auditoire attentionné, et lorsqu'il en eut terminé, une fille prit la relève et donna la version de son propre futur. Elle souhaitait devenir directrice marketing et ainsi gérer une équipe. Elle comptait travailler pendant cinq à six années, puis prendre un congé maternité pour donner naissance à son premier enfant à l'âge de vingt-six ou vingt-sept ans, suivi du second (parce qu'elle avait lu qu'il était préférable pour un enfant de ne pas être fils ou fille unique et que l'écart d'âge entre les deux ne devrait pas excéder trois ans), un ou deux ans plus tard. Il semblait que chacun y passait puisque Paul, élève assez discret de la classe, prit tant bien que mal la parole et commença à nous expliquer qu'il aimerait trouver un travail rapidement pour pouvoir acheter une maison et devenir propriétaire. Il espérait obtenir un emprunt malgré son jeune âge. Je décrochai à la suite de cette troisième intervention. J'en avais assez entendu. Je fis donc mine d'écouter les deux derniers du groupe. J'étais perdu dans mes pensées lorsque soudain, je réalisai que les regards étaient tournés ver moi. Je ne compris pas tout de suite la raison de cette attention particulière. Je risquai un :

— Euh, oui ?

Tous parurent étonnés, et certains amusés. L'une d'entre eux répondit :

— Bah, et toi Tom, qu'est-ce que tu vas faire après ?

Après une courte hésitation, je dis :

— Je ne sais pas. En fait je n'en ai aucune idée.

— Vraiment ?

— Oui, je n'en ai pas la moindre idée.

Tim, le futur chef d'entreprise, semblait décontenancé. Il ne comprenait pas.

— Tu n'as pas d'ambitions?

— J'en ai, mais ce ne sont pas des ambitions professionnelles. Pas pour le moment en tout cas.

Je parlais visiblement une langue étrangère puisqu'il ne sembla pas comprendre un traitre mot de ce que je venais de dire. Je n'avais nullement envie de prolonger cette discussion et prétextai un appel à passer pour m'éclipser. Cette soirée s'annonçait longue, et je devais remédier à cela. Les gens présents à cette soirée ne m'intéressaient pas et je n'avais nullement l'intention de passer plus de temps en leurs compagnies. Je prévins Jessica de mon départ en lui expliquant que mon colocataire était tombé en panne d'essence. Elle prit un air faussement déçu et je partis aussitôt. J'en avais plus qu'assez de faire semblant. Je ne voulais plus jouer un rôle. Je ne voulais plus faire d'effort. Là, à cet instant, j'eus envie de courir jusqu'au cabinet du docteur Oray pour lui cracher tout ce dont j'avais besoin d'extérioriser. Mais je ne pouvais pas. On était samedi soir et je devais attendre jusqu'à mercredi pour vider mon sac. Les journées s'annonçaient longues.

Chapitre 6

« Cette lame semble me faire de l'œil, et je pourrais
très bien succomber à la tentation »

Il était déjà tard lorsque le capitaine Chris Fehn
arriva sur les lieux. La police avait été alertée par une
voisine, qui se plaignait de « l'odeur nauséabonde »
provenant de l'appartement d'à côté. Il faisait froid,
glaciale même. Fehn descendit de son véhicule et entra
dans l'immeuble. Il prit l'escalier et entreprit de
monter les marches. Arrivé au cinquième étage, il se
dirigea vers l'appartement 504 et désigna sa plaque à
l'officier de police qui se tenait devant la porte. En
pénétrant à l'intérieur, il comprit pourquoi la vieille
dame avait appelé les autorités. L'odeur était
difficilement supportable. Il sortit un mouchoir et se
protégea les narines avec. Il emprunta le couloir qui
desservait les différentes pièces avant d'entrer dans le
salon qui ressemblait à un véritable champ de bataille.
Il s'était produit une violente altercation, c'était
certain. Le lieutenant Sonnen était accroupi et
observait le corps inerte.

   — Qu'avons-nous ici ?, demanda Fehn.
   — Thomas Born, vingt-cinq ans. Il a été
      sévèrement battu. Un vrai passage à tabac.
      C'est surement la cause de la mort.

Fehn s'approcha un peu plus du corps. Il l'étudia de manière très attentionnée, comme à son habitude. Le visage de la victime était très marqué. On distinguait sans mal de nombreux hématomes ainsi qu'une coupure à l'arcade sourcilière et une autre sur l'arête gauche du nez. Soudain, un détail éveilla sa curiosité.

— Le corps a-t-il été déplacé ?, demanda-t-il au lieutenant.

— Bien sûr que non, capitaine. Nous vous attendions.

Perdu dans ses pensées, Fehn enfila un gant en latex blanc et se positionna devant la partie supérieure du corps. La tête était tournée vers la droite, les bras pliés à hauteur d'épaules. Mais ce sont bel et bien les mains qui attiraient l'attention du capitaine. Celle de gauche était ouverte, les doigts légèrement recroquevillés. La paume de la main droite, quant à elle, semblait recouvrir quelque chose. Délicatement, il la saisit et déplia les doigts ensanglantés. Il découvrit un dé, comme ceux que l'on trouve dans les casinos, dont la face indiquait le nombre « 23 ».

— J'ai l'impression que l'on tient notre premier indice, dit-il à Sonnen en lui désignant le bout de papier. Faîtes emporter le corps. Je veux que le légiste nous confirme la cause du décès. Et demandez un échantillon ADN du sang situés sur les mains de la victime. Avec de la chance, c'est peut-être celui de l'agresseur.

— Oui chef, répondit le lieutenant.

— Et faîtes moi une recherche sur le défunt. Vu l'état du corps, cela pourrait être personnel.

— Bien, chef.

— A part ça, a-t-on des témoins ?

— Madame Terenz, la vieille dame qui a prévenu la police nous a dit ne rien avoir remarqué de spécial ces derniers jours. Des agents sont en train de questionner le voisinage en ce moment.

— Bien, vous me ferez un rapport pour demain dans l'après-midi. En attendant, rentrez chez-vous.

*

Après un week-end sans intérêt et trois jours d'un ennui profond passés à l'université, le moment était venu pour moi de me rendre à mon deuxième rendez-vous. Je ne voulais pas être en retard. C'est pourquoi je montai dans ma voiture une heure avant notre entretien et arrivai une bonne vingtaine de minutes en avance. Je sonnai et entrai dans la salle d'attente. Elle était vide, comme la dernière fois. Je patientai un moment sans prendre la peine de feuilleter les magazines qui se trouvaient sur la table basse, en face de moi. Puis, le même scénario se reproduisit. J'entendis ces mêmes pas résonner avant que la porte ne s'ouvre.

Installé dans le fauteuil, j'étais cette fois-ci dès le début de l'entretien, entrain à parler. Je le voulais, j'en avais besoin. Je ne savais pas quoi dire. Je voulais parler, c'est tout. Elle engagea la conversation :

— Comment allez-vous, Tom ?

— Ca va, répondis-je sans grand enthousiasme.

— Comment se sont déroulés ces cinq derniers jours ?

D'un air dépité, je dis :

— Vous savez, comme les semaines et les mois précédents. Pas de changement. C'étaient des journées sans intérêts.

Elle écrivit quelques mots sur son calepin avant de reprendre la parole.

— Décrivez-moi votre week-end s'il vous plait.

— J'ai été invité à une soirée. Enfin, plus exactement, c'était une soirée ouverte spécialement aux étudiants de ma classe. Alors comme j'en fais parti… Mais je me suis dis que j'allais faire un effort et m'y rendre.

Elle remarqua la déception sur mon visage et m'encouragea à poursuivre :

— Et alors, comment s'est passée cette soirée ?

— Pas terrible. Je suis parti bien avant la fin. En fait, je ne suis resté que quelques minutes. Je n'en pouvais plus.

— Qu'est-ce qui vous a rebuté à ce point ?

— Les gens, tout simplement, répondis-je sans hésitation.

— C'est-à-dire ?

— Histoire de m'intégrer, je me suis joins à un groupe. Ils ont tous évoqué leurs avenirs. Je n'ai pas pu y échapper et le moins que l'on puisse dire, c'est que nous ne vivons pas dans le même monde. Vous voyez, tous ont planifié leurs vies. Certains sont des ambitieux et d'autres moins, mais ils ont tous un point commun : leurs avenirs sont tracés.

Elle sembla réfléchir un instant, puis me posa une série de questions qui en valaient la peine :

— Vos camarades ont des objectifs précis pour leurs avenirs, contrairement à vous. N'est-ce pas plutôt cela qui provoque en vous ce sentiment d'exclusion ? Ne souhaiteriez-vous pas vous aussi avoir des objectifs sur le long terme ?

Je sentais qu'elle touchait un point. Je pris mon temps pour réfléchir avant de prendre la parole :

— Je suppose que vous avez raison. J'aimerais avoir un objectif précis et fournir les efforts pour l'atteindre. Ce serait beaucoup plus motivant. Cependant, on ne peut résumer mon comportement à de la simple jalousie. Vous voyez, les gens dont je vous parle paraissent si sûrs d'eux-mêmes. En apparence. Mais ils ne voient pas plus loin, vous comprenez?

Elle me fit signe de la tête que oui, elle comprenait et m'incita à continuer mon raisonnement. Je repris :

— Tous ces gens ne sont que des copies. Prennent-ils seulement le temps de réfléchir et de se poser des questions ? Non, je ne pense pas. Ce ne sont que des moutons qui suivent le troupeau. Soyons honnête, mes camarades de classes sont le reflet du monde dans lequel nous vivons, alors je pense qu'en parlant d'eux, je décris en réalité la société dans son ensemble. Voyez-vous, les individus qui peuplent ce monde ne s'identifient qu'à ce qu'ils voient à la télévision et ce qu'ils écoutent à la radio.

Je commençais à m'énerver et à m'agiter. Et je ne voulais pas le cacher. Après tout, j'étais bien ici pour exprimer mon mécontentement. J'étais venu consulter cette femme pour faire part de mon désespoir et c'était ce que j'étais en train de faire en ce moment. Elle remarqua bien évidemment que ce sujet me tenait à cœur et tint à en savoir davantage. Une fois de plus, elle me poussa à continuer :

— Que voulait vous dire ?, me demanda t'elle sur un ton qui laissait présager qu'elle connaissait déjà la réponse.

J'entrepris alors d'approfondir mon raisonnement :

— A quoi sert la télévision selon vous ? A rien de plus qu'à contrôler l'esprit des gens. Le journal télévisé diffuse des reportages sans intérêts mais qui captent l'attention, car ils sont diffusés à une heure de grande écoute. L'opinion publique se retrouve dans des sujets comme l'augmentation du prix du kilogramme d'oranges ou la disparité des salaires. Ces types de sujets sont en général précédés par des thèmes plus importants et plus internationaux comme les grandes catastrophes ou les révolutions. Mais voyez-vous, ces deux types de reportages tout à fait opposés ont toute fois un point commun : ils captent et contrôlent l'attention des gens. Car quand un citoyen occidental découvre l'atrocité de la guerre en Orient, il relativise sur sa situation d'employé de bureau. Il a raison dans un sens. Mais d'un autre côté, il abandonne ses rêves, ses ambitions et une part de sa liberté. La télévision est surement l'outil de manipulation le plus élaboré et chaque individu tombe dans le piège, devenant un énième joueur dans un jeu qu'il a déjà perdu. La télévision, la radio et tous les autres médias nous dictent la manière dont nous devons nous comporter, les objectifs que nous devons atteindre et la vie que nous devons mener. Personne ne semble voir cela, ou bien peut-être que tout le monde se complait dans ce système.

Elle m'observa un instant et mis sa main sous son menton sans me quitter des yeux. Elle semblait un peu décontenancée. Elle tenta d'aborder le sujet sous un autre angle :

— La télévision est aussi un moyen de divertissement et pas seulement un outil d'informations.

— Vous appelez les émissions de téléréalité du divertissement ? J'appelle ça de la débilité extrême. Et cela ne vise qu'à rendre les gens plus stupides qu'ils ne le sont déjà. Les valeurs qui y sont prônées sont vides et superficielles. Quand on envoie une quinzaine de personnes, soigneusement sélectionnées selon leurs origines, leurs apparences physiques et leurs âges sur une île à l'autre bout du monde afin qu'ils tentent de survivre, ce n'est pas la survie l'intérêt principal mais la vie en communauté. Toute le monde s'en fout de voir des gens faire cuire leurs riz dans une marmite. En revanche, assister à des conflits entre les participants est beaucoup plus intéressant. Quand je tombe sur ce genre d'émissions, j'ai un peu l'impression d'être au zoo. C'est comme regarder des animaux évoluer en communauté. Mais en fin de compte, si ces émissions se multiplient, c'est qu'il y a de la demande, et c'est bien cela le plus inquiétant.

La séance était passée vite. Elle arrivait déjà à son terme. Le docteur Oray relut ses notes, puis m'annonça la fin de notre entretien. J'étais curieux de savoir ce qu'elle notait dans son carnet, je voulais connaître son avis de professionnelle et découvrir ce qui n'allait pas chez moi. En me levant, je la regardai et lui dis :

— Madame, j'ai besoin de savoir. Quelle est votre analyse ?

— Il est trop tôt pour cela. Mais nous avançons. Nous allons fixer un prochain rendez-vous. Il est important que vous continuiez à vous exprimer comme vous l'avez fait jusqu'ici.

Elle ouvrit la porte et me salua. Je pris le couloir et sortis du bâtiment. Dehors, il faisait nuit noire.

Chapitre 7

« Every day is better than the next day »
« Chaque jour est meilleur que le suivant »
Fred Durst

— Vous ne savez pas ce que c'est que de ne pas vous sentir à votre place. Non, vous ne savez pas.

— Où ne vous sentez-vous pas à votre place ? me demanda Oray.

— Mais dans ce monde, répondis-je. Ce monde dans lequel je vis. Dans ce monde où nous vivons tous. Cet endroit étroit auquel je n'appartiens pas mais dans lequel je suis contraint d'évoluer jour après jour.

Toujours concentré, griffonnant de sa plume sur son petit carnet, elle me dit :

— Expliquez-moi la raison pour laquelle vous ne vous sentez pas intégrer.

Je baissai la tête de dépit, fatigué. Je réfléchis un instant puis me décidai à répondre.

— Je me sens si différent... Les gens d'une manière générale m'indiffèrent. Nous n'avons rien en commun. Vous savez, quand on creuse un peu, on réalise que la plupart des gens sont vides à l'intérieur. Cependant, je vis à leurs côtés. Je vais à l'université, je déjeune dans les fast-foods, je prends les transports en communs, je vais au cinéma. Tous ces petits moments de la vie, je les passe avec ces gens. Mais je ne suis tout simplement pas là. Je ne suis qu'une ombre, errant, invisible. Je ne suis qu'un imposteur portant un masque.

— Vous dîtes que vous portez un masque. Qu'y a-t-il, selon vous, derrière ce masque ?

Le regard perdu, je répondis lentement et calmement :

— Quelque chose de méchant, rempli de rage. Quelque chose dont j'ai peur de perdre le contrôle.

La psychologue ne me quittait pas des yeux, comme si elle cherchait à littéralement lire en moi. Y arrivait-elle ? Parvenait-elle à voir ce qui me rongeait petit à petit, jour après jour ?

— Pensez-vous être quelqu'un de mauvais ? me demanda-t-elle après quelques secondes de silence.

Des frissons parcoururent mon échine. Comme un coup bien placé, cette question ma paralysa pendant un cours instant. La surprise passée, je tentai de réfléchir afin de répondre de la manière la plus honnête qui soit. Mes pupilles s'agitèrent, comme perdues dans un brouillard épais. Enfin, je répondis :

— Je ne pense pas être quelqu'un de mauvais. Je crois que la société a fait de moi ce que je suis aujourd'hui. Il y a une part sombre en moi, mais est-ce que cela fait de moi quelqu'un de mauvais ? Je ne crois pas. Qu'en pensez-vous ?

— Je crois que beaucoup de gens possèdent un côté sombre. La vraie question est de connaître son degré d'impact. Jusqu'à quel point prend-il part dans votre vie et les conséquences que ses actes entraînent. En l'occurrence, vous semblez le subir plutôt que de le contrôler. Il est important de rester positif car la roue tourne et les choses s'améliorent toujours.

Je détournai la tête, essayant de masquer mon désespoir. Elle reprit la parole :

— Jusque là, vous avez évoqué votre vie de manière négative. Que ce soit à propos de vos études, de votre avenir professionnel ou de vos relations en société, vous ne cessez de dénigrer les différents aspects de votre existence. Vous êtes beaucoup trop négatif. Vous devez essayer de positiver, de regarder les choses sous un autre angle. Si vous reprenez ce que vous m'avez raconté depuis notre premier entretien d'un point de vue différent et tentez d'analyser la situation avec plus de recul, vous vous rendrez compte que finalement, il y a des raisons de satisfaction. J'aimerais que vous réfléchissiez à ce que je viens de vous dire et que vous appliquiez ces conseils à votre vie. Dès le matin, en vous réveillant, jusqu'au couché, vous allez regarder les choses sous une autre perspective. Nous nous reverrons dans quinze jours et vous me ferez part des résultats obtenus. Bien entendu, si vous en éprouvez le besoin, vous pouvez me recontacter quand vous le souhaitez.

Je repartis dans le froid hivernal de ce mois de décembre. Le village était désert, comme à chaque fois lors de mes précédentes venues. Le centre n'était éclairé que par quelques lampadaires usés par les années et qui n'émettaient plus qu'une lueur à peine visible. Je montai dans la voiture, allumai le contact et démarrai, pressé de quitter cet endroit qui ne dégageait rien de bon.

Tout en roulant, je repensai aux propos d'Oray. Peut-être avait-elle raison. Je voyais les choses en noir et il serait peut-être bénéfique d'aborder ma vie différemment. Je devais essayer. Dès demain, à l'université, je m'exercerai et tenterai de voir le bien là où je voyais habituellement le mal. Pour la première fois depuis longtemps, je perçus un sentiment d'espoir naître en moi. Finalement, consulter un psychologue n'était peut-être pas une mauvaise idée. Mieux encore, cela allait peut-être me sauver.

Le lendemain matin, au moment où j'ouvris les yeux, je me rappelai la mission qui m'avait été confiée la veille : changer de regard sur le monde extérieur. Je comptais bien atteindre mon objectif. Je me préparai, pris un petit-déjeuner copieux et me rendis à l'université. En franchissant le portail principal, je m'efforçai de sourire et pris un air enjoué. J'entrai dans la salle de cours et m'installai. Monsieur Root n'était pas encore arrivé, tout comme la majorité des étudiants. J'observai par la fenêtre les groupes d'élèves. Malgré la distance, je remarquai leur enthousiasme, leur motivation, leur bien être et je les enviais. Je restai pensif un moment, les yeux dans le vide, à réfléchir. Le bruit d'une porte qui claque m'extirpa de mon sommeil éveillé. Le professeur de droit venait de pénétrer dans la salle. Il nous salua et entama son discours, comme à son habitude. La journée commençait et je me sentais suffisamment fort pour l'affronter. J'allais reprendre les choses en main.

J'allais devenir comme ces gens que j'avais aperçus quelques minutes auparavant. Un nouveau Tom allait naître, j'en étais convaincu.

*

La sonnerie de son téléphone tira le capitaine Fehn d'un sommeil profond. Il regarda son réveil : trois heures trente. Passablement irrité, il décrocha :

— Allo ?

— Désolé de vous déranger à cette heure-ci capitaine, mais vous devez venir tout de suite.

— Que se passe t-il ? répondit Fehn, encore endormi.

— Un meurtre, chef.

— Ecoutez Sonnen, si je devais écourter toutes mes nuits à chaque fois qu'un meurtre était commis, je ne prendrais plus la peine de me coucher.

— Cette fois-ci, c'est différent. Je crois que l'individu qui a battu à mort Thomas Born vient de récidiver. Et, chef... Ce n'est pas beau à voir. Pire que la dernière fois.

Le capitaine Fehn était régulièrement confronté à la violence. Il s'y était plus ou moins habitué. Après tout, cela faisait parti du métier. Tout au long de sa jeune carrière, il avait assisté à des évènements qui vous marquaient pour la vie. Alors qu'il n'était qu'un jeune lieutenant et qu'il effectuait une patrouille de nuit, la centrale l'avait envoyé, lui et son collègue, réglé un problème d'affaire conjugale. Sa première intervention : il était très excité. Mais arrivé sur les lieux, l'excitation avait laissé place à la terreur. En pénétrant dans un appartement insalubre, il avait découvert une femme, assise sur le plancher, le visage tailladé, et son mari, qui regardait sa conjointe, ricanant. Cette première expérience l'avait marquée à jamais.

Il s'habilla à la hâte et quitta son appartement en plein milieu de la nuit.

Les gyrophares des voitures de police balayaient les environs de leurs lumières aveuglantes. Le quartier résidentiel semblait calme, paisible. Le silence et la quiétude qui y régnaient ne pouvaient laisser présager de ce qui venait de se produire. Lorsque le capitaine arriva, deux officiers étaient en train de discuter devant le lieu du crime délimité par un long ruban jaune. Il s'approcha et montra sa plaque avant de passer. Il pénétra alors dans une ruelle sombre. Sonnen se trouvait quelques mètres plus loin. Lorsqu'il aperçut Fehn, il vint à sa rencontre.

— Bonsoir capitaine, commença-t-il. Venez, c'est par ici. Je préfère vous prévenir à nouveau. Ce n'est vraiment pas beau.

— D'accord, montrez-moi. Nous avons l'identité de la victime ?

— Non monsieur. Pas de papier d'identité. C'est un homme blanc d'une petite trentaine d'années. Pas d'autre information pour le moment.

Les deux hommes s'approchèrent et le capitaine ne pût cacher sa surprise à la découverte du corps. C'était un véritable massacre. Il y avait du sang partout. La victime était étendue à côté d'un mur taché qui trahissait le triste spectacle.

— Cause de la mort ? demanda Fehn ?

— Le légiste n'est pas encore arrivé, mais à première vue, il me semble évident que ce type a été poignardé à plusieurs reprises.

Le capitaine sortit sa lampe de poche et l'orienta en direction de l'individu qui gisait à ses côtés. Le faisceau lumineux éclaira alors la scène. Ce qu'il vit confirma les propos du lieutenant Sonnen. On pouvait apercevoir les multiples plaies sur le torse et le ventre de la victime. Sa chemise n'était plus qu'une éponge rougeâtre. Fehn se déplaça légèrement de quelques pas puis s'accroupis et observa le visage livide de l'homme à terre. Ses yeux révélaient la dernière émotion qu'il avait éprouvé : la terreur. Fehn se redressa et s'adressa au lieutenant :

— Dites moi, Sonnen, vous est-il déjà arrivé de vous endormir pendant votre formation à l'école de police ? Parce que je ne vois vraiment pas en quoi ce meurtre et celui de Thomas Born sont liés. Born a été tué à mains nues, à son domicile, dans un quartier défavorisé. Notre homme, quant à lui, semble plutôt appartenir à la classe moyenne comme peuvent en témoigner ces vêtements et a été massacré à coups de couteaux dans une ruelle.

Sonnen esquissa un sourire. Il connaissait le capitaine depuis trois ans. Ils collaboraient et s'entendaient plutôt bien. Il répondit :

— Ce n'est pas tout. Observez la direction de son regard.

Surpris, Fehn s'éxécuta. C'est alors qu'il comprit. Sur le mur d'en face était écrit d'un rouge sang, « 11 ».

Chapitre 8

« Don't talk like one of them, you're not, even if you'd like to be »
« Ne parle pas comme eux, ce n'est pas toi. Même si tu en rêves »

Le Joker

Deux semaines s'étaient écoulées. Deux belles semaines à adopter une attitude positive, à redevenir jovial, à sourire. L'entrain qui me caractérisait par le passé avait refait surface. J'occupais mes journées du mieux que je pouvais, saisissant chaque opportunité pour me divertir. Tout se passait bien. Je renaissais. A l'université, pendant les cours, je ne manquais pas d'intervenir quand j'en avais l'opportunité. Je tentais aussi de m'intégrer auprès de mes camarades en déjeunant le midi à la cafétéria ou en me rendant à la bibliothèque universitaire après les cours. J'avais rendu visite au docteur Oray et lui avait fait part de mes progrès. A nouveau, je me sentais bien. Les journées me paraissaient plus belles, l'atmosphère moins tendue et mon esprit avait retrouvé son calme d'avant. Je prenais la bonne direction. La période sombre que je traversais était en train de s'estomper peu à peu. Elle disparaissait lentement mais surement, et l'écho qui l'accompagnait et qui devenait de moins en moins audible ne serait bientôt plus qu'un triste souvenir.

Ce soir là, en rentrant, je m'assis sur le canapé et allumai la télévision. Deux semaines que Mick était parti en formation professionnelle. Deux semaines que les programmes télé étaient passés des documentaires animaliers aux compétitions sportives et autres concerts en direct. Je ne vis pas le temps passé et quand je me levai pour aller me coucher, il était déjà une heure du matin. Je passai par la salle de bain, ouvris le robinet du lavabo, passai un peu d'eau sur mon visage avant de me redresser quand soudain j'aperçus mon reflet dans le miroir. Je m'arrêtai net, l'espace de quelques secondes, l'esprit très, très loin. Puis je revins à la réalité et observai. Ce que je voyais n'était pas l'image de quelqu'un en proie à un rétablissement encourageant. Ce n'était pas non plus le reflet d'une personne intégrée mais surtout, le visage qui se reflétait dans le miroir n'était certainement pas celui d'une personne honnête et en phase avec elle-même. Non. Rien de tout cela. Ce que je voyais au contraire, c'était un imposteur, un menteur. Tout ce que l'on pouvait lire sur les traits de ce jeune homme n'était que mensonge et malhonnêteté. Sans que je m'en aperçoive, une lame coula le long de ma joue, bientôt suivie d'une autre, puis de plusieurs. Très vite, une multitude de larmes parcoururent mon visage. Des sanglots saccadés se firent entendre. Je perdais le contrôle. Je craquais. Je me mis à hurler. Je frappai alors violemment du poing l'individu qui se trouvait en face de moi. Le verre se brisa et le sang commença à couler à petites gouttes. M'agenouillant, la tête entre les mains, je criai de nouveau, de toutes mes forces. J'étais emprunt d'une rage incontrôlable. Je continuais de pleurer dans la salle de bain. Tous les souvenirs de ces quinze derniers jours me revinrent à l'esprit. Chaque moment n'avait été que le témoignage d'une réalité travestie. Rien n'avait été vrai, tout avait été provoqué. En cherchant à me rétablir, je m'étais finalement éloigné de moi-même. J'avais cherché à me créer une nouvelle identité. Mais je réalisais que tous ces efforts entrepris n'avaient en fait été que des artifices. Je ne voulais pas de cela, je voulais rester moi-même. A chercher à remonter la pente, je me trouvais à présent rouge de larmes, par terre sur ce carrelage froid, une main sanguinolente et du verre brisé à mes côtés. J'entendis soudain la porte s'ouvrir silencieusement. Mick. Merde... Je me relevai à la hâte et me passai de l'eau sur le visage. Le bruit des pas se fit entendre plus clairement tandis que je rinçai ma main blessée. Enfin, il apparut dans l'embrasure de la porte :

— Salut mon pote, ça va ? me demanda t-il
— Hey, bien et toi ? Je ne savais pas quand tu rentrerais.
— Je ne savais pas exactement non plus mais tu savais bien que je finirais par revenir, dit-il en rigolant.

Il remarqua alors mes yeux humides.

— Que se passe-t-il ?, m'interrogea t-il, d'un ton inquiet.

Il fit un pas en avant et marcha sur un éclat de verre, qu'il brisa en plusieurs petits morceaux. Surpris, il regarda par terre et réalisa que le sol en était jonché. J'avais tenté tant bien que mal de dissimuler ce qui rester du miroir derrière le lavabo mais sans succès.

— Rien, répondis-je précipitamment. J'ai glissé et percutai le miroir. Tout va bien, ne t'inquiètes pas.

Il ne sembla pas convaincu. Néanmoins, il n'insista pas et nous nous rendîmes à la cuisine. Je sortis deux verres et nous servis deux sodas. Je le questionnai un moment sur sa formation – qui s'était avérée sans intérêt – et nous parlâmes ensuite de tout et de rien. Il m'observait toujours d'un œil interrogatif.

*

— Le légiste a rendu son compte rendu, capitaine. Thomas Born, notre première victime, a bien été battu à mort.
— La police scientifique a-t-elle trouvé quelque chose ?
— Rien du tout. Pas d'ADN sur le corps de la victime. Pas d'empruntes dans l'appartement. Pas même un cheveu. Pourtant, il semble qu'il y ait eu une violente bagarre. L'agresseur aurait pu laisser des indices derrière lui. Mais rien.

Fehn soupira.

— Il n'y a pas eu effraction. La victime connaissait peut-être l'agresseur, dit-il.
— Ou bien elle a tout simplement oublié de fermer le verrou, répondit le lieutenant.

Les yeux sur le dossier, Fehn ne regardait rien. Parce qu'il n'avait rien. Il pointa son regard en direction de Sonnen et lui demanda :

— Et concernant la victime retrouvée dans la ruelle, a-t-on découvert son identité ?

— Oui, il s'appelle Jérémy Benson. Vingt-six ans. Sa femme a alerté les autorités hier soir, après être restée vingt quatre heures sans nouvelles.

— Bien. Le légiste a-t-il fini son rapport ?

Sonnen acquiesça :

— Il a confirmé la mort par arme blanche. C'est un couteau de boucher. On a compté trente cinq plaies. Le tueur s'est acharné. Le coup fatal a été porté au cœur.

— Trente cinq, répéta Fehn, machinalement.

— Oui, mais ce n'est pas tout. Tous les coups assénés ne pouvaient causer la mort. Excepté un, celui qui a perforé le cœur. Il semble que les entailles précédentes aient été volontairement freinées.

Le capitaine réfléchit un instant, essayant de clarifier les choses dans son esprit. Enfin, il répondit :

— Le tueur a vraisemblablement des connaissances en anatomie. Et il a pris son temps. Il aurait pu le tuer à tout moment mais il a préféré torturer lentement sa victime. Pourquoi ?

— Il y a des sadiques plein les rues.

Fehn ne sembla pas prêter attention à la remarque de son subordonné.

— Peut-être que le tueur connaissait la victime. La torture serait alors la punition. Le coup fatal, la sanction.

— Si c'est le cas, on doit trouver la cause qui a amené Benson a rencontré la mort aussi brutalement, répondit Sonnen, un sourire aux lèvres.

— Ce meurtre vous amuse, demanda Fehn ?

— Non, mais ma dernière réplique beaucoup. Ca fait très série policière, vous ne trouvez pas ?

— Vous êtes un barjot, lieutenant.

Fehn soupira avant de poursuivre :

— Pour le moment, tout ce que nous avons, ce sont ces indices laissés par le tueur : « 23 » et « 11 ». Tout le reste nous amène vers une autre direction. Celle de deux tueurs différents. En témoignent les victimes. L'une habitait un faubourg pourri dans un appartement minable. L'autre résidait dans un quartier aisé et portait des vêtements de marques. L'une a été battue à mains nue et l'autre poignardée à plusieurs reprises.

— Il ne faut pas omettre l'absence de traces laissées par le tueur. Malgré la quantité importante de sang retrouvée, aucune empreinte, aucun indice, rien. Comme pour notre première victime.

Fehn observa un instant les deux dossiers avant de dire à Sonnen :

— Trouvez-moi un lien entre les victimes. Vérifiez leur casier. Cherchez dans leur passé. Nous devons trouver un dénominateur commun pour affirmer notre supposition. Commencez d'abord par interroger la famille des victimes.

*

Sonnen sonna à la porte. Une jeune femme vint lui ouvrir. C'était une très belle femme : cheveux châtain clair, yeux marron-vert et une silhouette affûtée qui ne pouvait cacher des années de pratique sportive. Son visage aurait été magnifique s'il n'avait pas été couvert de larmes.

— Bonjour Madame, lieutenant Sonnen, puis-je entrer un instant.

— Oui, bien sûr, répondit la jeune femme.

Il pénétra dans un appartement joliment décoré, spacieux et accueillant. Elle lui fit signe de s'asseoir et il prit place.

— Madame, je tiens à vous présenter mes condoléances. Je vais tâcher de faire vite. Depuis quand connaissiez-vous monsieur Benson ?

Essuyant ses larmes de la main, elle répondit :

— Nous nous sommes rencontrés à l'université. Il étudiait la finance et moi la comptabilité.

— Bien. Votre ami avait-il des ennuis ? Se comporter t-il différemment ces temps-ci ?

— Non, rien de tout cela. Tout était comme d'habitude. Il allait bien. C'était quelqu'un de bien vous savez. Il était bon, très bon.

Sonnen avait déjà entendu ce genre de discours. La veuve qui ventait les mérites de son défunt mari. Avant d'apprendre que celui-ci s'était fait descendre par un homme un tantinet jaloux. Mais pas de conclusions trop hâtives, comme l'avait conseillé le capitaine. Rester lucide et objectif.

— Où étiez-vous avant-hier soir, madame Benson ? reprit Sonnen.

La tête baissée, la jeune femme tentait toujours de sécher ses larmes. Elle tenta de se concentrer avant de répondre :

— J'étais ici. Je suis rentré aux alentours de dix-neuf heures après avoir quitter mon travail. Je l'ai attendu toute la soirée. Son téléphone était coupé. Je me suis assoupie sur le canapé. Le lendemain, voyant qu'il n'était toujours pas rentré, j'ai décidé d'appeler la police.

— Lui arrivait-il parfois de s'absenter ?

— Depuis que nous vivions ensemble, il n'avait jamais découché. C'était la première fois. C'est pour cela que j'étais morte d'inquiétude.

Les sanglots repartirent et bientôt son beau visage ne laissa plus paraître que peine et désespoir.

— Je n'ai plus qu'une seule question, madame. Votre mari connaissait-il un certain Thomas Born ?

Elle parut réfléchir un instant puis répondit :

— Non, je ne crois pas avoir déjà entendu ce nom. Pourquoi cette question ?

— Nous pensons qu'il pourrait y avoir un lien avec une autre affaire. Je ne peux rien vous dire de plus pour le moment. Si jamais la mémoire vous revenait, merci de nous contacter.

« Si la mémoire vous revenait ». C'était pour le protocole. Sonnen savait bien que ce genre de répliques n'avait leurs places que dans les films. Car dans la réalité, la plupart des gens ne retrouvaient pas miraculeusement la mémoire, même après une épreuve difficile. Il fallait maintenant interroger la famille Born, en espérant obtenir plus d'informations.

Chapitre 9

« On dit que lorsque l'on a touché le fond, on ne peut tomber plus bas. Mais que se passe-t-il lorsque ce fond n'existe pas ? »

Le jour se levait et j'étais là pour le regarder. Debout, devant ma fenêtre, l'esprit à la fois calme et en ébullition. Le bleu du ciel tendait vers le gris et l'activité qui régnait dehors ressemblait davantage à un vacarme assourdissant. Ma réalité était de retour, sans aucun doute.

Aux alentours de huit heures, j'appelai le cabinet du docteur Oray et demandai un rendez-vous dans les plus brefs délais. J'obtins une séance le jour même, à dix-huit heures trente. Etait-ce en raison de mon apparent état de forme ou bien parce que la psychologue s'avérait être une amie de la famille ? Peu importait. La solution qui m'avait été proposée s'était finalement retournée contre moi. C'est tendu et passablement énervé que je quittai l'appartement et pris le chemin de l'université.

Le trajet n'eut aucun effet sur mon humeur et c'est toujours aussi agacé que je pénétrai dans la salle de cours. Comme à son habitude, Jessica était assise, cahier et livre soigneusement disposés sur sa table, se préparant pour une nouvelle journée de léchage de bottes. « Petite pute ! ». J'aurais voulu lui dire, lui crier au visage : « Petite pute! ». Ca m'aurait soulagé, à coup sûr. Cependant, j'optai une fois de plus pour le silence et allai m'asseoir à ma place. Peu de temps après, le professeur d'économie fit son apparition et le cours débuta. Les secondes paraissaient plus longues en sa compagnie. L'écouter était un supplice. Je le savais déjà, mais aujourd'hui, c'était à la limite du supportable. La matinée fut longue et pénible. A la pause, je déjeunai en ville, dans un fast-food pas bon marché et de mauvaise qualité. C'était surprenant de voir avec quelle facilité ce genre d'établissements attiraient les consommateurs. Servez un sandwich dégueulasse avec une boisson bien sucrée à un prix insultant et une meute accoure. Le marketing, une encore et toujours. Après m'être fait plumer, je regagnai l'établissement. J'étais en train de monter l'escalier principal lorsque je percutai involontairement un étudiant.

— Putain, fais gaffe, râla t-il.
— Désolé, répondis-je pour présenter mes excuses.
— Ouai c'est ça. Dégage maintenant, reprit-il en prenant la posture du mal dominant.

Une blonde décolorée se tenait à ses côtés et ne perdait pas une miette de cette petite scène. Elle semblait ravie du spectacle qui lui était proposé. Son petit copain était un dur, elle était fière.

Un petit con habillé à la mode et sa blonde qui transpirait la stupidité. Un joli cliché. Il ne me quittait pas des yeux. Mes jambes devinrent légères, envahies par le stress. Je n'étais pas habitué à ce genre de confrontation. Néanmoins, ce connard avait mal choisi son jour. Mon coup de tête me surprit le premier, et vint percuter son nez. Il recula, trébucha contre une marche, mais ne tomba pas. Le sang commençait à couler. A côté, la fille hurla. Je me précipitai vers lui et lui assénai un crochet qui vint frapper sa pommette droite. Son corps vacilla et heurta le sol. Mais je n'en avais pas fini. Je le frappai de plusieurs coups de pied puis, me mettant au sol, au dessus de lui, je martelai sa tête. Il mit ses mains en protection de son visage mais sans résultat. Une ruée d'étudiants m'attrapa finalement et m'éloigna de lui. La pétasse blonde pleurait. Lui était toujours au sol.

Le reste de la journée s'était plutôt mal terminé. L'étudiant que j'avais tabassé avait passé le début de l'après-midi à l'infirmerie. Il avait le nez cassé et s'était fait recoudre l'arcade sourcilière. Après avoir été convoqué dans le bureau du directeur en personne et reçu un sermon sur la conduite civique que tout étudiant se doit d'adopter, la sanction était tombée : exclusion définitive de l'établissement. Pas de conseil de discipline. Pas de délibération. Pas de négociation. J'avais beau eu tenté de justifier mon acte par le manque évident de respect dont avait fait preuve ce petit con, cela n'avait servi à rien. C'était fini. Mon séjour ici s'achevait. Et maintenant, alors que je marchais en direction de la sortie, étrangement, je n'étais pas abattu. Je n'étais pas triste. Surtout, je ne regrettais rien. Au contraire, même après coup, je sentais que j'avais agi comme il le fallait. En rentrant à l'appartement, je posai mon sac à l'entrée, saluai Mick et allai à la cuisine me préparer un café. Il se leva et vint me rejoindre.

— Je t'en fais un aussi ?
— Oui s'il te plait.

Son regard vint se poser sur mes mains. Que s'est-il passé?, demanda t-il.

Je regardai à mon tour mes poings marqués par l'incident de l'après-midi.

— Je me suis battu, répondis-je. Un branleur m'a provoqué. J'ai répondu.

Il semblait à la fois surpris et inquiet. Il est vrai que je ne m'étais presque jamais battu auparavant. En plus de l'incident étrange d'hier soir, cette bagarre ne faisait qu'accentuer ses suspicions, je pouvais le lire sur son visage.

— Tu es sûr que tout va bien ?, reprit-t-il
— Oui, tout va bien, ne t'inquiètes pas.
— Evidemment que je m'inquiète. Tu es bizarre en ce moment. Tes visites chez ce médecin, est-ce qu'elles t'aident ?
— Justement, j'y retourne ce soir.
— Tu sais que je suis là. Si tu as besoin de parler…
— Je sais, le coupai-je en lui adressant un sourire amical. Je sais et je t'en suis reconnaissant.

Il continuait à me regarder de cet air peu convaincu. Nous bûmes notre café et discutâmes plus en détails de la quinzaine de jours qu'il venait de passer en formation. Après quoi, je partis à mon rendez-vous.

*

Sonnen n'avait rien appris de plus lors de sa visite chez les parents de Thomas Born, la première victime. Locataires dans une banlieue proche, ils ne voyaient pas souvent leur fils qui travaillait à des horaires flexibles. La dernière fois qu'ils avaient été réunis remontaient à un mois. Ils avaient déjeuné ici même.

Thomas semblait bien se porter, comme à son habitude. Et lorsqu'il avait demandé si leur fils connaissait un certain Jérémy Benson, la réponse avait été négative.

L'officier rentrait donc bredouille. Demain, il se rendrait dans les établissements scolaires afin d'en apprendre un peu plus sur les victimes et peut être trouverait-il un lien entre elles. Mais pour le moment, Sonnen allait rentrer chez lui, exténué de la fatigue accumulée ces derniers jours.

*

J'entrais une fois de plus dans la salle d'attente du cabinet du docteur Oray. Elle était une fois de plus vide. Je me sentais dans un état psychologique critique, au bord de la rupture. Je bouillais à l'intérieur. J'avais contenu mes émotions en rentrant à l'appartement pour ne pas affoler Mick. Mais maintenant, j'avais besoin d'extérioriser, de me libérer de cette pression. Avoir démoli ce petit connard m'avait soulagé pour un moment, mais cela n'avait pas duré. Les pas retentirent. Toujours ces mêmes pas. Et la porte s'ouvrit. Je saluai le docteur et la remerciai de me recevoir si rapidement. Nous nous installâmes comme d'habitude et elle me demanda :

— Alors Tom, qu'est-ce qui vous a poussé à venir me voir aujourd'hui ?

— J'ai craqué, répondis-je simplement

— Que s'est-il passé ?

— J'étais dans la salle de bain, et en me regardant dans le miroir, je suis tombé en larmes.

— Je vois. Pouvez-vous expliquer ce qui s'est produit.

— Oui, je le peux. Vous voyez, pendant deux semaines, tout allait bien. Je reprenais confiance. J'ai suivi votre conseil : voir les choses sous un autre angle, sous une autre perspective. J'ai cru que cela marchait, que j'étais sur la bonne voie. Jusqu'à hier soir.

Je m'arrêtai de parler mais elle m'incita à poursuivre :

— Que s'est-il passé hier soir Tom ? Pourquoi vous êtes vous effondré ?

— J'ai réalisé que les efforts que je fournissais depuis notre dernier rendez-vous étaient vains.

Elle griffonna sur son carnet puis redressa la tête et dit :

— Que voulez-vous dire par « vains » ?

— J'ai pris conscience que la vie que je menais depuis ces quinze jours était un leurre. Ce n'était pas moi, vous comprenez. En me regardant dans ce miroir, ce que j'ai vu, c'est un étranger. Et je ne veux pas devenir quelqu'un d'autre. Je veux rester moi-même.

Elle avait écouté attentivement et me dévisageait comme elle aimait le faire. Ce devait être une technique enseignée en faculté de psychologie. Ou bien un artifice, pour le spectacle. Puis, elle prit la parole :

— Ecoutez, il n'est pas anormal d'échouer. Vous avez réalisé que cela ne vous convenait pas. Mon objectif n'était pas de vous faire devenir une autre personne mais simplement de vous orienter de manière à améliorer votre vie. Rassurez-vous, vous n'êtes pas seul dans cette situation. Beaucoup de gens souffrent et se trouvent dans des états mentaux affaiblis. Mais ce n'est que temporaire.

C'en était trop. J'en avais assez d'entendre dire que mon cas n'était pas isolé, que beaucoup de gens se trouvaient dans ma situation. Mes parents m'avaient dis la même chose. Je n'y croyais pas, ou plutôt, je n'y croyais plus. Je sentais un mélange de colère et de désespoir monter en moi. Alors, je décidai de cracher ma détresse :

— Vous savez, ce n'est pas la première fois que l'on me dit que je ne suis pas le seul à éprouver ce types de sentiments. Croyez-moi, je le suis. Je suis un cas isolé. Et d'ailleurs, on veut nous faire croire que les gens qui consultent des psychologues sont tout à fait normaux. Mais c'est faux, en témoigne votre salle d'attente. Je n'ai pas rencontré une seule personne depuis que je viens vous voir. Vous avez aménagé une salle d'attente similaire à celle que l'on trouve chez les médecins généralistes ou les pédiatres. En fait, vous créez l'illusion. Vous voulez faire croire à vos patients que leur cas est tout à fait banal. La vérité est toute autre. Je n'ai vraiment pas l'impression d'avoir quoi que ce soit en commun avec quiconque. La société a crée des normes auxquelles il faut adhérer. Je ne m'estime pas anormal mais je ne fais certainement pas partie de la normalité. Alors soyons un peu honnête, ce n'est pas ici que je trouverai les réponses à mes questions. Vous n'allez pas m'aider à aller mieux. Je crains que rien ne le puisse, d'ailleurs.

Je me levai et sortis de la pièce, sans prêter attention à ces tentatives pour me retenir.

Dehors, tout était calme, si calme que la vie semblait me narguer :

« Regarde comme tu es tendu. Pourtant, tout est si paisible ici ».

Chapitre 10

« ...i'm lonelier than i've ever been »
« ...je suis plus seul que je ne l'ai jamais été »
Fred Durst

Sonnen était à peine rentré chez lui quand son téléphone vibra dans sa poche. Le central de police.

— Bonsoir capitaine. Vous avez du nouveau ?
— Non, mais un nouveau meurtre. Au 34 Armond Street. Une habitante de l'immeuble a appelé la centrale. Elle aurait entendu des coups de feu dans l'appartement du dessous. Une patrouille s'est rendue sur les lieux et a découvert un cadavre. Allez là-bas, je vous rejoins dès que possible.

Fehn raccrocha. Sonnen allait devoir remettre à plus tard sa nuit de sommeil. Il avait su à quoi s'attendre en s'engageant dans la police criminelle : heures flexibles, salaire inapproprié et peu de reconnaissance. Il fallait faire ses preuves pour grimper les échelons. Le jeune lieutenant était quelqu'un d'ambitieux mais avait aussi des principes. Par conséquent, il n'était pas prêt à tout pour atteindre le sommet. Et le parcours qu'il avait emprunté jusqu'ici l'avait conduit à découvrir le degré de cupidité et le narcissisme excessif d'être humains avides de pouvoir. Lorsqu'il arriva à l'adresse indiquée, un policier se tenait à l'entrée de l'immeuble.

Il se présenta et demanda le numéro de l'appartement de la victime. Il prit ensuite l'escalier et s'arrêta au troisième étage avant d'entrer dans l'appartement. Les policiers en patrouille qui avaient découvert le corps vinrent à la rencontre de Sonnen. L'un d'eux prit la parole :

— Bonsoir lieutenant, venez, c'est par ici.

Sonnen les suivit jusque dans le salon. Les enceintes de la chaîne stéréo installée sur un meuble à côté d'un écran plat dernier cris diffusait un son agressif d'un groupe de néo-métal américain. Le volume empêchait toute concentration ainsi que toute discussion possible :

— Eteignez la musique, s'il vous plait, dit Sonnen à l'un des officiers.

L'homme s'exécuta et Sonnen se pencha sur le corps qui gisait au pied d'un canapé tâché de sang. Un homme, entre vingt-cinq et trente ans, cheveux brun court, une barbe de trois jours dans le style faussement mal rasé très en vogue actuellement, un mètre quatre-vingt, environ quatre-vingt kilos. Ses yeux étaient restés ouvert. On aurait dit qu'il regardait le néant. Sonnen repéra rapidement les impacts des balles sur le corps : une dans chaque genou, et une en pleine tête, qui avait creusé un trou béant dans le crâne. Il se redressa et parcourut la pièce du regard. Pas de trace de lutte. Le salon était soigneusement ordonné. Chris Fehn fit alors son apparition. Après avoir salué d'un signe de la main les officiers, il alla à la rencontre du lieutenant :

— Bonsoir, qui est la victime ?

— Si cet homme est bien le locataire de cet appartement, il s'agit de Forrest Etwon.

— Vous avez eu le temps d'inspecter le corps ?

— Oui. Cet homme a été tué par balle. A première vue, pas d'altercation. Cela ressemble plus à une exécution ou à un règlement de compte. On lui a tiré deux fois dans les genoux avant de l'abattre.

Le capitaine avait une moue dubitative.

— Qui y a-t-il ?, s'enquit Sonnen.

— Cela ne ressemble pas à la barbarie des deux derniers meurtres. Y avait-il une signature, comme pour Thomas Born et Jérémy Benson ?

— Je viens d'arriver, je n'ai pas encore examiné toute la scène du crime, mais pour l'instant rien.

Préoccupé, Fehn déambula dans la pièce. Il s'approcha du corps, sortit ses gants de latex et déplaça légèrement le cadavre, à la recherche d'éléments qui pourraient permettre de relier Etwon à l'affaire en cours. En vain. Il se releva et s'adressa à Sonnen :

— J'avais espéré que notre tueur ait récidivé. Nous n'avons rien pour le moment.

— C'est juste, mais nous devons fouiller dans le passé de ces hommes. Selon la famille, Thomas Born et Jérémy Benson ne se connaissaient pas. Seulement, la femme de la seconde victime n'a rencontré son mari qu'à l'université et on sait bien que les parents ne sont pas au courant de tous les faits et gestes de leurs enfants.

Fehn acquiesça.

— Et pour lui ?, demanda Sonnen, en désignant le cadavre qui gisait au sol.

— Laissez la police scientifique et le légiste faire leur travail. Il n'est pas notre priorité.

*

Un regard dans le rétroviseur. Personne. Je roulais à vive allure depuis la sortie du village. Je traversais la forêt, seul au milieu de cet environnement austère, mystérieux, presque mystique. Le paysage défilait à mesure que j'avançais. Mes mains tenaient le volant, mes pieds jouaient avec l'embrayage et l'accélérateur, mais mon esprit n'était absolument pas concentré sur la route. C'est dans ces moments là que l'inconscient prend le relai. L'inconscient fait partie de notre vie de tous les jours. Des habitudes tellement répétitives que nous passons la main. L'espace de moments plus ou moins long, on se déconnecte de la réalité pour entrer dans un univers plus profond, plus mental. Notre corps continue de fonctionner, le monde continue de tourner. Les personnes autour de nous, la plupart du temps, ne s'aperçoivent pas de notre veille. Nous même ne prenons pas toujours la mesure de notre état une fois revenu parmi les conscients. J'étais donc bien plus occupé à penser à la journée que je venais de passer. J'avais frappé un étudiant, été exclu de l'université et enfin avait envoyé balader ma psychologue. Je devais vraiment être dérangé… Que devais-je faire maintenant ? J'étais dans une impasse. Terminé l'espoir d'obtenir un diplôme en fin d'année. On était proche de l'échéance et aucun établissement ne m'accepterait après ce qui s'était passé. J'étais désarçonné, perdu.

J'apercevais déjà les prémices de la ville. Cependant, je ne voulais pas rentrer tout de suite. Je changeai alors de direction et empruntai une route peu fréquentée. Je roulais ainsi pendant une bonne vingtaine de minutes, retardant l'inéluctable, le moment où il faudrait retourner à la réalité. A ma réalité. Enfin, à contre cœur, je pris la sortie nord qui me ramènerait chez moi. Le compteur kilométrique ne cessait de défiler, comme pour me narguer : « Profites, la distance se réduit ». Je ne me sentais toujours pas capable de rentrer chez moi. L'anxiété m'avait submergé et ne semblait pas vouloir lâcher prise. Tant pis, j'allais repousser une fois de plus le moment fatidique. Je m'arrêtai sur un parking situé en face d'une agence immobilière. Je coupai le contact et sortis. Dehors, l'air était frais mais supportable. Je commençai à marcher dans la nuit, seul avec mes démons.

*

Fehn et Sonnen sortaient de l'immeuble où l'on avait retrouvé l'homme tué par balle.

— Vous avez faim, demanda Fehn ?

Malgré son besoin de sommeil, Sonnen était préoccupé par cette histoire de « tueurs aux nombres », terme qu'il avait lui-même inventé. Il savait bien qu'un dîner en tête à tête avec le capitaine n'avait rien d'un rendez-vous galant mais était plutôt un prétexte pour parler travail. Il accepta et les deux policiers partirent manger dans un restaurant bon marché dans la zone commerciale la plus proche. Ils commandèrent à boire et à manger et entamèrent la discussion.

— J'ai repensé aux indices retrouvés près des victimes. Ces nombres : « 23 » et « 11 ».
Et s'ils représentaient le nombre de victimes du tueur. L'assassin afficherait alors son tableau de chasse, son palmarès.

Sonnen commença par acquiescer mais finit par dire :

— Mais les corps ont été retrouvés à seulement trois jours d'intervalle. Et nous n'avons pas eu connaissance d'autres meurtres.

— Peut-être y a t-il eu d'autres victimes dans les villes voisines. Vous contacterez les services de police dès demain. Ce n'est qu'une hypothèse. Cependant, pour le moment, nous n'avons pas grand chose. Il ne faut rien négliger.

Une serveuse qui devait travailler ici depuis toujours apporta leurs verres avec un sourire forcé. Elle semblait fatiguée, usée par le temps, la répétition des gestes et la promesse non tenue d'une vie meilleure.

Chapitre 11

« *Every second's soaked in sadness* »
« *Chaque seconde est trempée de tristesse* »
Oliver Sykes

J'errais dans les rues sans savoir où j'allais. Pas de destination. Pas d'itinéraire. Pas d'objectif. La fuite. Repousser l'inévitable, telle était l'explication de cette marche nocturne. Le calme régnait, les voitures se faisaient rares. Je traversai la route et me dirigeai vers un pont qui surplombait un fleuve. Alors que je m'y engageai, les bruits urbains déjà faibles s'estompaient peu à peu. Il ne resta bientôt que la solitude et moi-même. Je marchais calmement, tentant d'oublier pour un moment le chaos qui grondait dans ma tête. Alors que j'arrivais presque à mi-chemin, je réalisai soudain que je n'étais pas seul. Trop occupé à me concentrer à respirer et oublier, je n'avais pas aperçu la personne qui se trouvait maintenant à quelques mètres de moi. Une jeune femme, cheveux mi-long, châtain clair, attaché en queue de cheval. Elle me tournait le dos mais avait visiblement remarqué ma présence. Elle semblait également tourner le dos au monde entier. Elle se tenait là, debout sur le bord, prête à sauter.

Je ne sus comment réagir. J'aurais du être apeuré, paniqué. J'aurais du lui dire de ne pas sauter. Mais je ne fis rien de tout cela. Au contraire, j'étais calme. Je m'approchai alors doucement vers elle. Je vins m'accouder au rebord, à quelques pas seulement de la jeune femme. Elle continuait de fixer tour à tour l'horizon et le vide qui se dressait sous ses pieds. Je restais muet, captivé par la scène à laquelle j'assistais. Nous restâmes une bonne minute, côte à côte, silencieux. Enfin, elle prit la parole :

— D'ici, aucune chance de me tuer, n'est-ce pas ?

J'observais à mon tour le précipice. Sans savoir pourquoi, je répondis calmement :

— De cette hauteur, il y a peu de chance, en effet.

J'avais menti. L'issue de la chute ne pouvait être que la mort. Elle tourna alors la tête dans ma direction et m'observa. Je la regardai un instant, distinguant mal son visage dans l'obscurité, avant de regarder à nouveau devant et d'incliner la tête. La lune se reflétait dans les eaux calmes. Quelques secondes s'écoulèrent et je repris la parole :

— Pour quelle raison vous trouvez-vous ici ?, lui demandai-je d'un ton toujours aussi posé et inapproprié.

Après un court instant, elle répondit :

— Le monde n'a rien à m'offrir.

C'était à la fois brutal et beau, violent et sincère. Je fis un signe de la tête en guise de compréhension.

— Vous avez perdu quelqu'un ?

— Non. Rien de tel. Je réalise seulement que je n'ai rien à faire ici. Je n'ai personne, vous comprenez. Ma vie n'a pas de sens si je dois la vivre dans un environnement qui ne me correspond pas. Je n'ai plus la force de me battre. Je n'ai plus la force d'espérer.

Sur ces derniers mots, de petits sanglots se firent entendre. La puissance de ses mots me bouleversa.

Cette fille n'était pas comme les autres. Elle dégageait quelque chose de vraie, une sensation de pureté, d'honnêteté. Mes yeux s'étaient adaptés à la nuit. La clarté de la lune aidant, je pouvais désormais percevoir son visage. Elle avait des traits fins, si fins qu'on aurait pu croire qu'ils avaient été dessinés à la main.

— Le monde n'accepte pas la différence, dis-je. On adhère à ses valeurs ou on meurt.

— Que voulez-vous dire ?

— Si, comme la grande majorité des gens sur cette planète, vous faîtes parti de cette communauté et adhérez à ses valeurs, alors vous suivez le mouvement sans vous poser de questions. Mais dans le cas contraire, si vous ne vous y retrouvez pas, si pour vous, tout cela n'a pas de sens, alors vos jours deviennent plus longs, plus difficiles à supporter. La solitude vous ronge. Lentement mais surement, vous mourrez. Il y a deux types de mort : la mort psychologique, celle où vous tombez petit à petit dans le néant, chaque jour accentuant un peu plus votre malheur ; et la mort physique, le moment où vous décidez d'abréger vos souffrances. Je pense que ce que vous vous apprêtez peut être à faire est bien plus courageux.

Elle semblait avoir écouté attentivement mes propos. Visiblement perturbé par ce qu'elle venait d'entendre, elle descendit et s'approcha de moi. C'est à ce moment que je découvris réellement la beauté de cette jeune femme. Je restai stupéfait, comme hypnotisé. Je ne savais pas quoi dire. Alors, je restai là, immobile face à elle, paralysé. Elle s'arrêta face à moi et dit :

— Comment vous appelez-vous ?

Je mis un temps avant de répondre machinalement :

— Tom

— Tom, je suis heureuse de vous rencontrer. Je m'appelle Anna.

Elle avait une voix douce et claire, reposante. Elle était magnifique. Je n'avais jamais vu une femme aussi jolie.

— Je suis... très heureux aussi, répondis-je, plongeant mon regard dans le sien.

Elle esquissa alors un sourire que je n'oublierai jamais.

A sa demande, je lui racontais mon histoire, celle qui m'avait amenée jusque sur ce pont, à la nuit tombée. Elle écoutait attentivement et les réactions que je pouvais lire sur son visage laissaient entendre qu'elles avaient vécues des expériences similaires. Pour la première fois depuis des années, je ne me sentais pas seul. Je connaissais à peine cette jeune femme, pourtant je sentais que je pouvais me confier à elle. Une fois que j'en eus terminé de mon récit, j'attendis une réponse, une réaction. La réaction qui suivit n'eut pas de mot, pas de son. Elle me prit dans ses bras et cela valut tous les mots du monde. Elle me réconforta, me dit qu'elle comprenait, qu'elle savait de quoi je parlais. Elle dit tout cela sans prononcer un mot. Nous restâmes un long moment en silence, profitant mutuellement de cet instant que nous savions privilégié. Pour la première fois depuis très longtemps, je me sentais en vie.

Chapitre 12

« L'espoir a peut-être une raison d'exister, après
tout »

Sonnen eut du mal à se lever. Il avait passé la nuit
sans fermer l'œil, trop occupé à penser à l'enquête. La
conversation de la veille avec Fehn l'avait stimulée. Si
les nombres laissaient sur les scènes de crime
représentaient le pédigrée du tueur, il allait le
découvrir. Même si les recherches s'avéreraient
longues et difficiles, il finirait par valider ou non cette
théorie. Après avoir avalé un café, il monta dans sa
voiture et prit la direction du commissariat. Il avait des
coups de fils à passer aux services de police voisins et
devait se rendre dans l'après-midi dans les lycées
qu'avaient fréquentés les victimes. Il alluma la radio et
sélectionna la chaîne info. Kate Middleton était
enceinte. Les tabloïds se vendaient comme des petits
pains et les anglaises avaient décidé de suivre la
femme du prince dans sa démarche : elles aussi allaient
avoir un bébé la même année. A l'écoute de cette
information, Sonnen grimaça. Il ne comprenait pas
l'admiration du peuple anglais pour leur royauté. A
l'heure d'une crise économique décrite comme sans
précédent, les plus grandes fortunes se retrouvaient
sous le feu des projecteurs, critiquées et sommées de
partager. Les catégories sociales les plus aisées

subissaient la discrimination des médias. En revanche, une famille royale riche et puissante dont les droits et avantages avaient été obtenus par le sang ne semblait pas contrarier une population qui était prête à calquer sa vie sur celle de Middleton. Cela en disait long sur l'être humain. L'officier Sonnen éteignit la station et inséra un disque dans le lecteur. Les premières notes résonnèrent et bientôt on put entendre « *They try to build a prison* ». C'était bien plus intéressant et instructif qu'une radio aux sujets sans intérêts.

Après avoir roulé pendant encore une vingtaine de minutes, il se gara au commissariat et monta les marches qui menait à l'entrée principale. Une femme d'une trentaine d'années étaient menottées et attendaient sur une chaise qu'un officier de police remplisse un formulaire. Il s'engagea dans le couloir de droite et pénétra dans « l'open space », terme récemment employé par la direction pour dire que l'espace de travail était commun et non séparé par des cloisons. Il était très à la mode d'employer des termes anglo-saxons. Cela sonnait bien et donnait aux fonctionnaires de police l'impression de faire partie d'une équipe et d'avoir une certaine valeur ajoutée. A l'intérieur de l'Open Space » (donc), pas grand monde, si ce n'est le personnel d'entretien des locaux qui finissait son travail. Sonnen s'installa et sortit un petit carnet. A l'intérieur était inscrit les numéros de téléphone utiles à l'enquête. Il sortit son téléphone de sa poche et appela les services de police des villes voisines. Il les informa de l'enquête et demanda d'être averti en cas d'affaires similaires. Si un malade s'amusait à tuer et numéroter ses crimes, il le saurait.

*

Le matin se lève et laisse paraître ses couleurs les plus claires. Aujourd'hui, le ciel me paraît plus bleu que d'habitude. Le vent qui souffle ne vient plus frapper mon visage mais effleure doucement ma peau, subtil. Accoudé au balcon d'une chambre d'hôtel, j'observe le soleil se lever. L'atmosphère qui m'entoure est paisible, l'air plus respirable. Je me retourne un instant et observe : Anna est encore endormie, son corps immobile sous les draps blancs. J'avais passé la nuit sur le canapé-lit. Quand je m'étais réveillé, au moment même où j'avais ouvert les yeux, j'avais ressenti une sensation de bien être, de paix. Je restai un long moment à observer la ville qui se réveillait.

Trente minutes plus tard, j'entendis du bruit dans la chambre. Anna venait de se réveiller. Elle apparut quelques secondes après :

— Bonjour, fit-elle en m'adressant un sourire sincère.

— Bonjour, répondis-je. Tu as bien dormi ?

— Très bien, merci.

Son sourire était magnifique. Elle contempla un moment la vue. Je l'observais, complètement captivé. Puis, elle sembla réfléchir et devint soucieuse. Elle risqua un regard à mon encontre :

— Et maintenant, que fait-on?

Je la regardai quelques secondes et répondis :

— Je veux rester avec toi.

Son visage s'illumina. Je pus lire un mélange de tendresse et d'affection. Elle ne répondit rien et nous nous enlaçâmes. Cela suffisait largement.

*

Le lycée ressemblait plus à un monument historique qu'à un établissement scolaire. Bâti de pierre, le style gothique rappelait les photographies que l'on étudiait dans les livres d'Histoire au collège. Sonnen gara sa voiture sur le parking réservé aux professeurs et se rendit à l'accueil. Une femme d'une cinquantaine d'années, l'air sévère, le reçut en le dévisageant de la tête au pied. Il se présenta et l'informa qu'il avait rendez-vous avec le directeur. Elle décrocha le téléphone, échangea quelques mots et l'invita à se rendre au deuxième étage. L'officier prit la direction de l'escalier et aperçut l'inscription gravé dans la pierre, sur le mur : « La discipline est la clef de la réussite ». Il s'engagea et monta les marches. Peu de temps après, il se tenait devant une grande porte en bois massif. Il frappa. Une voix grave et autoritaire l'autorisa à entrer. « Mon Dieu quel cliché », se dit-il.

L'intérieur était sans surprise : piles de dossiers, bibliothèque vraisemblablement peu utilisée étant donné la poussière qui commençait à s'accumuler, tapis ancien situé devant un bureau d'un autre temps. Sonnen salua le directeur, Joseph Husmey, et à la demande de ce dernier, s'assit et prit place en face de son interlocuteur.

— Alors lieutenant, en quoi puis-je vous aider ?

Il donnait l'impression d'un homme droit dans ses bottes, sûr de lui.

— Nous enquêtons sur le meurtre d'un de vos anciens élèves : Jérémy Benson. Ce nom vous est-il familier ?

Le directeur sembla interloqué mais ne tarda pas à répondre.

— Oui, je me souviens bien de Jérémy. C'était un élève performant, avec des capacités qui ne sont pas données à tout le monde. Malheureusement, deux ans avant l'obtention de son diplôme, son niveau a chuté.

— Quelles en étaient les raisons ?

— Il s'est mis à fréquenter des gens peu recommandables.

— Pouvez-vous me donner des noms ?

— Je ne me souviens que de Paul Edmond, parce qu'il avait été renvoyé de notre établissement après avoir volé le porte monnaie d'un professeur.

Sonnen nota l'information dans son carnet.

— Le nom de Thomas Born vous dit-il quelque chose ?

Husmey réfléchit avant de répondre « non » d'un mouvement de tête.

— Et Forrest Etwon ? demanda Sonnen, sans conviction.

Quelques secondes de réflexion pour un résultat qui s'avéra identique. Sonnen remercia le directeur pour le temps accordé et quitta cette bâtisse peu accueillante. Au lycée, il n'avait pas été un très bon élève. Il avait suivi son chemin, attendant patiemment la fin et l'obtention du diplôme pour passer le concours de police. « La discipline est la clef de la réussite », il n'en était pas convaincu, malgré son insigne. Sur le chemin du retour, il reçut plusieurs appels, émanant des services de polices qu'il avait contactés le matin même. Les réponses qu'il obtint effaça la thèse selon laquelle les numéros correspondaient au nombre de victimes. Aucun meurtre similaire pouvant être relié à cette affaire. Il se sentait soulagé. Il croyait dur comme fer à un fait précis qui relierait les deux hommes retrouvés mort.

Après s'être arrêté dans un restauroute et mangé une salade, il prit la direction de l'ancien lycée de Thomas Born.

Le bâtiment qui se dressait devant lui ne ressemblait en rien à celui qu'il avait visité deux heures auparavant. Construit en matériaux bon marché, l'école semblait tomber en ruine. Il appuya sur l'interrupteur et une voix fatiguée demanda le motif de sa visite. Après avoir répondu, le portail s'ouvrit électroniquement. A l'intérieur, pas de devise, pas de pierre taillée, des murs jaunis par le temps. Autant il ne s'était pas senti à son aise avec le vieux directeur et son apparente fierté, autant là, il se demandait quand le sol avait-il été lavé pour la dernière fois. Le directeur du lycée vint l'accueillir en personne. Après s'être mutuellement présenté, le policier suivit l'homme jusque dans son bureau. Là encore, l'intérieur contrastait avec celui de Husmey : froid, métallique, moderne, mobiliers de premiers prix. John Ihrman fit signe à Sonnen de s'asseoir. Le lieutenant prit place et entama la conversation :

— Nous enquêtons sur le meurtre de Thomas Born. Je crois savoir qu'il a effectué ses études dans votre établissement.

Même réaction stupéfaite.

— Euh… oui effectivement. Que s'est-il passé ?

— Nous n'en savons rien pour le moment. Savez-vous si Thomas fréquentait un certain Jérémy Benson ?

— Ce nom ne me dit rien du tout.

— Et le nom de Paul Edmond ne vous dit rien non plus ?

— Non plus, je suis désolé. Je me souviens que Thomas avait commencé à manquer les cours peu avant les examens finaux. Il avait écopé d'un conseil de discipline pour mauvaise conduite et ses résultats s'en ressentaient.

Cette information éveilla la curiosité de l'officier :

— Connaissiez-vous la cause de ce comportement ?

— Je crois qu'il avait noué des liens avec des jeunes qui n'appartenaient pas à notre établissement. Je me souviens du conseil. Il était fébrile. Ce n'était pas un mauvais garçon. Mais il semblait clairement sous l'emprise de quelqu'un.

Sonnen avait pris ses notes sur son carnet. Il ne lui restait plus qu'une question :

— Avez-vous déjà rencontrés les personnes en question ?

— Non. J'ai seulement aperçu un adolescent à plusieurs reprises, un peu plus âgé que Thomas selon moi. Il l'attendait à la sortie du lycée.

Sonnen se leva et remercia le directeur. Il quitta les lieux, monta dans son véhicule et reprit la direction du commissariat. Il n'était pas mécontent d'en avoir fini avec ces écoles. Elles ne lui manquaient pas. Ses années passées à étudier ne lui avaient finalement servi à rien. Il avait passé le concours de la police et les connaissances qu'il avait accumulées jusque là ne s'étaient avérées d'aucune utilité.

Il aimait conduire sur de longs trajets. Cela lui permettait de réfléchir. Il n'avait qu'une heure devant lui avant de rejoindre le poste mais il s'en contenterait. Les deux entretiens qu'ils venaient de tenir n'avaient pas été vains. Les deux victimes avaient été de bons élèves jusqu'à ce que de mauvaises rencontres ne les éloignent de la réussite. Jérémy Benson fréquentait des gens « peu recommandables » et Thomas Born était visiblement « sous l'emprise » d'un autre homme. Ce qui laissait deux solutions. Soit Thomas Born était sous l'emprise de Jérémy Benson. Ou alors Thomas et Jérémy étaient manipulés par quelqu'un d'autre, une sorte de mâle dominant. Paul Edmond, peut-être.

*

L'horizon paraissait s'étendre à l'infini. Il semblait plein de promesses et d'espoirs. Nous roulions sans destination, en silence. Les mots n'étaient pas nécessaires. Nous avions passé la journée à discuter dans notre chambre d'hôtel. Elle m'avait raconté son histoire, comment peu à peu, elle s'était retrouvée seule et avait ressenti ce malaise s'immiscer en elle. Elle m'avait décrit ses moments de détresse, à ressasser le passé et maudire le présent. Elle s'était confiée à moi comme si nous étions les meilleurs amis depuis toujours. J'avais trouvé cela touchant et vulnérable. J'en avais ensuite fait de même, livrant entièrement le fond de mes pensées. Je m'étais senti soulagé. Je ne m'étais pas imaginé capable de dévoiler mes secrets. Ils étaient si profonds, si violents, si perturbés. Mais voilà, je venais de rencontrer Anna. Je ne savais pas vraiment comment l'expliquer mais elle allait changer le cours de ma vie, j'en étais persuadé. Le paysage défilait sous nos yeux, qui pouvaient à nouveau briller.

*

La demeure de Paul Edmond se situait dans un quartier résidentiel construit pour les ménages aisés. Les maisons se ressemblaient toutes : cent-cinquante mètres carrés habitables, un garage et un carré de jardin. Les familles emménageaient ici, témoignage de leur réussite sociale. Mais ce n'était généralement pas le seul signe extérieur de richesse. La maison était généralement accompagnée de la voiture de sport (dont l'emprunt n'était pas encore remboursé) et d'une montre de grande marque parce que, eh bien, Monsieur était cadre, après tout ! Sonnen frappa à la porte et quelques secondes plus tard, un homme mince d'environ trente ans ouvrit la porte. L'officier se présenta et indiqua le motif de sa visite. Edmond, surpris par l'annonce de la mort de Jérémy Benson, l'invita à entrer. Les deux hommes prirent place dans un fauteuil l'un en face de l'autre. Sonnen prit alors la parole.

— Je me suis rendu dans votre ancien lycée. Le directeur m'a informé que vous et Jérémy étiez amis.

— C'est vrai. Nous avons commencé à nous fréquenter en classe de seconde.

— Selon Monsieur Husmey, vous exerciez une mauvaise influence sur Jérémy.

Paul esquissa un bref sourire en coin :

— Vous avez du vous en apercevoir, Husmey est quelqu'un d'assez conservateur avec des règles que l'on se doit de respecter. J'entrais dans un âge difficile, sans vraiment de repères. Un jour, j'ai volé le portefeuille d'un professeur du lycée et me suis fais prendre. J'ai été viré le jour même. En ce qui concerne mon influence sur Jérémy, je n'en avais pas. Nous étions simplement deux jeunes dans une période délicate de leurs vies.

— Connaissiez-vous un certain Thomas Born ?

— Oui, je le connaissais.

Sonnen, qui s'acharnait à écrire sur son carnet, releva la tête d'un coup.

— Que pouvez-vous me dire à son sujet ? demanda-t-il.

— Eh bien, Jérémy et moi l'avions rencontré un soir, lors d'un concert. On a sympathisé et, comme nous étions tous les trois en froid avec nos scolarités, on a très vite commencé à passer tout notre temps ensemble. Pourquoi me parlez-vous de Thomas ?

— Monsieur Born a également été retrouvé assassiné.

Paul Edmond sembla accuser le coup. Deux de ses anciennes connaissances avaient été tuées. Néanmoins, Sonnen devait poursuivre la discussion.

— Et ensuite, que s'est-il passé ?

Reprenant son esprit, Edmond répondit :

— La fin de l'été approchait. Un après-midi, ils sont sortis tous les deux, pour trainer en ville, comme on le faisait tout le temps. Moi, je ne pouvais pas ce jour là. Le lendemain, on se réunit tous les trois et ils m'annoncent qu'ils ont rencontré un mec génial, qu'il faut absolument que je le rencontre. Quelques jours plus tard, Jérémy et Thomas me l'ont présenté. Ils étaient fascinés par ce type. Moi, j'ai vite compris qu'il n'était pas net.

— Comment cela, « pas net », l'interrompit Sonnen.

— Il était étrange. Je ne saurais vraiment l'expliquer, mais une chose est sûre, tout à l'heure, vous parliez d'influence. Je peux vous dire que ce type avait l'emprise sur Thomas et Jérémy.

Les pièces du puzzle commençaient enfin à s'assembler.

— Vous vous rappelez du nom de cet individu ? demanda Sonnen.

— Je n'ai connu que son prénom. Il s'appelait Joey.

— A quoi ressemblait-il ?

— Un jeune homme un peu plus âgé. Cheveux bruns, un mètre quatre-vingt. Je crains que cette description ne puisse vous mener bien loin.

— C'est déjà ça. Et après ?

— C'est là que nos chemins se sont séparés. Ils ne voyaient plus que par Joey. De mon côté, je n'avais pas confiance en lui. Petit à petit, on s'est perdus de vue.

— Une dernière question, Monsieur Edmond : on a retrouvé les nombres « 23 » et « 11 » inscrits près des corps des victimes. Vous rappellent-ils quelque chose ?

Il réfléchit un instant et dit :

— Non, ça ne me dit rien du tout.

Sonnen se leva et remercia Paul Edmond pour son aide.

L'enquête venait de progresser. Elle était belle et bien lancée. Il venait d'établir un lien entre les victimes. Deux jeunes influençables, livrés à eux-mêmes et sous la domination d'une personne plus âgée. Il fallait maintenant retrouver ce Joey et découvrir le mobile de ces meurtres.

Chapitre 13

« Réveille toi, et ouvre les yeux »

Alors qu'il était aux alentours d'une heure du matin et que nous roulions toujours, une station de radio locale diffusa un sujet particulièrement intéressant. Une voix d'homme s'était engagée dans un monologue:

« Vous voyez, c'est ici que se trouve le problème. L'apparition des réseaux sociaux a crée une illusion des plus parfaites. Aujourd'hui, tout le monde veut avoir un maximum d'amis sur Facebook. Les gens vivent leurs vies à travers le regard des autres, ils demandent leur approbation. Il est devenu plus important de publier nos expériences sur nos murs plutôt que de les vivre. Alors la question à se poser est : pourquoi ? Pourquoi vouloir augmenter son nombre de contacts, afficher ses photos aux yeux de tous, diffuser des vidéos et recevoir des commentaires ? Tout simplement parce que tout le monde veut son quart d'heure de célébrité. Vous croyez peut-être que votre vie est intéressante ? Eh bien laissez-moi vous dire une chose, elle ne l'est pas. Vous pensez qu'obtenir un grand nombre de pouces levés fait de votre existence une réussite. Vous vous leurrez. La majorité de vos soi-disant « amis » n'en ont absolument rien à faire. Et votre célébrité est

éphémère. Car ce n'est qu'un mirage. Vous êtes toujours confronté aux mêmes problèmes qui ont toujours semé votre vie d'embuches : chômage, taxes, éducation, questionnements personnels. Vous pensez avoir le contrôle de votre vie, vous en êtes au contraire les esclaves... »

En voilà un qui sortait du lot. Mais évidemment, le sujet était diffusé sur une station de radio anonyme et à une heure tardive. L'audimat était réduit. Néanmoins, cela me faisait du bien d'entendre des propos pleins de sens pour une fois.

Anna dormait sur le siège passager depuis plus d'une heure quand mon téléphone vibra : Mick. Cela faisait plus de vingt-quatre heures que je n'avais plus donné de nouvelles. Je l'avais alors informé de mon rendez-vous chez Oray. Mais je n'étais pas rentré et il devait s'inquiéter. Je ne voulais pas répondre maintenant. J'avais le droit de vivre ma vie pleinement, de respirer. Cela faisait bien trop longtemps que je subissais mon existence.

*

Sonnen avait rapporté à Fehn la preuve qui reliait les deux crimes. Thomas Born et Jérémy Benson s'étaient rencontrés pendant leur adolescence. Ils avaient fait la rencontre d'un homme encore non identifié et qui selon Paul Edmond, exerçait une influence négative sur les deux victimes. Joey. Il fallait impérativement le retrouver. Ils avaient désormais un nom, c'était un début. La prochaine étape consistait à retourner interroger la famille des victimes. Si Thomas et Jérémy passait tout leur temps libre avec une seule et même personne, les parents devaient être au courant.

La détresse des parents de Jérémy Benson se lisait sur leurs visages fatigués. Le deuil de leur fils était une étape qu'ils n'arriveraient probablement jamais à franchir, la douleur trop vive ne cesserait peut-être pas. C'est meurtri et peiné qu'ils invitèrent le lieutenant à entrer dans leur demeure. L'intérieur de la maison était soigné. Le sol était propre et le salon rangé. Les photos réparties un peu partout ne pouvaient laisser deviner du drame qui venait de se produire. Les sourires sur ces visages présentaient des gens heureux, unis et pleins d'espoir. La réalité était froide, noire et chaotique. Sonnen récita la formule d'usage dans ce type de cas – je sais que c'est difficile (il savait qu'il ne pouvait pas comprendre cette douleur), mais je dois vous poser quelques questions, ce ne sera pas long.

— Je me suis récemment entretenu avec Paul Edmond, une vieille connaissance de votre fils. Vous le connaissez je suppose…

— Oui, c'était un bon copain de Jérémy, répondit le père.

— Votre fils et ses deux copains avaient rencontré quelqu'un en fin d'année de seconde. Un certain Joey. L'avez-vous rencontré ?

— Ce nom me dit quelque chose. Mais non, je crois ne l'avoir jamais rencontré.

— Paul Edmond a décrit Joey comme un manipulateur, une sorte de mâle dominant qui aurait pu avoir une influence négative sur votre fils. C'est à cette époque que le groupe s'est fissuré et que Paul a pris ses distances.

Le père, des cernes distinctes sous les yeux, tenta de se concentrer et de se remémorer cette période déjà lointaine. Puis, il répondit:

— Effectivement, j'ai le souvenir d'une période délicate où Jérémy semblait distant. Il séchait les cours et rentrait tard le soir. Je n'ai jamais rencontré Joey mais je crois bien l'avoir aperçu une fois ou deux.

— Vous ne lui avez donc jamais parlé ?

— C'est exact.

Sonnen demanda ensuite au père de lui dresser le portrait de Joey et il obtint la même description reçue de la part d'Edmond.

— Savez-vous où votre fils aimait sortir à cette époque ?

— Vous savez, Jérémy ne parlait pas beaucoup de sa vie privée à ce moment là, comme beaucoup d'adolescents. Mais vous devriez interroger sa petite amie de l'époque, Rita. Elle devrait pouvoir vous renseigner mieux que moi. Je crois qu'elle travaille dans une boîte de nuit, le « Place To Be » ou un nom ridicule de ce genre.

Sonnen remercia le père et quitta la propriété.

*

Nous étions finalement restés quelques jours dans un petit village de campagne qui bordait l'océan. Le temps s'était arrêté pour nous laisser profiter de moments parfaits. Prendre le temps : cette notion n'avait plus vraiment de sens dans cette société. Tout le monde s'engage dans une course sans fin vers un objectif que l'on croit s'être fixé soi-même. Mais peu de gens *prennent* le temps. Profiter d'un moment, capter un sourire, écouter une confidence abandonnée : ces plus beaux moments de la vie sont délaissés au profit d'une quête qui ne sera jamais assouvie. Pouvoir, argent, notoriété sont des aspirations auxquelles l'homme accorde sa plus grande attention. J'observe de loin et réalise que tous ces gens pensent avoir le contrôle de leurs vies. Ils sont persuadés d'être aux commandes. Quelle illusion. Depuis le début, les hommes ont été formatés pour penser qu'il n'existe qu'une seule manière de vivre. Un idéal leur a été créé et leurs vies entières sont consacrées à sa poursuite. La théorie philosophique qui dit « Je pense, donc je suis » n'a plus lieu d'être. En revanche, « Je consomme, donc je suis » semble plus approprié. Car la consommation a remplacé les relations humaines. Le monde dans lequel nous vivons tous ne juge pas une personne pour sa valeur morale et ses qualités d'individu. Il l'évalue en fonction des vêtements qu'il porte, de la voiture qu'il conduit, du quartier dans lequel il habite et de l'emploi qu'il occupe. Quand finirons-nous par comprendre que nous ne sommes que des pions sur un échiquier ? Quand réaliserons-nous que nous ne sommes pas maîtres de nos décisions ? Quand nous réveillerons-nous ? Quand choisirons-nous nos vies ?

Pendant quatre jours, l'espace temps s'était donc figé et aucun parasite n'était venu troubler notre quiétude. Nos journées s'écoulaient au rythme de balades au bord de l'eau, le long de petites plages désertes. Le vent soufflait et la mère s'agitait. Nous restions là, à regarder l'immensité de l'océan, la beauté des éléments. Nous parlions de nous, de nos désespoirs, de nos tristesses. Nous nous comprenions. Puis était venu le temps de partir. Nous n'avions pas décidé de rentrer, bien au contraire. Nous allions prolonger le plus longtemps possible cet aparté dans nos vies et verrions où il nous mènerait.

Nous roulions à présent sur l'autoroute. Alors que le titre phare des Cranberries venait de se terminer, un flash d'informations fut diffusé par les enceintes. Deux jeunes hommes dénommés Thomas Born et Jérémy Benson avaient été sauvagement assassinés. Le tueur courrait toujours. Un frisson me parcourut soudain tout le corps. J'étais tétanisé. J'eus soudain du mal à respirer. Un panneau indiqua une aire de repos à dix kilomètres. Je jetai un coup d'œil vers Anna. Son visage rayonnait. Elle semblait sereine, heureuse. Elle n'avait rien remarqué de mon changement de comportement. Il en était bien mieux ainsi. Quelques minutes plus tard, j'actionnai le clignotant et pris la sortie pour reprendre mes esprits. Je garai la voiture sur le parking et coupai le contact.

— As-tu faim, je peux aller nous chercher quelque chose à manger ? demanda Anna en me regardant comme si j'étais la première merveille du monde.

— Oui d'accord, merci, répondis-je en souriant.

Elle ouvrit la portière et descendit. Je la regardai s'éloigner, sa silhouette parfaite caressant l'air.

Chapitre 14

« A tout acte ses conséquences »

Il était près d'une heure du matin quand Sonnen pénétra dans le « Place to Be ». A l'entrée, il présenta son insigne à un vigile peu commode. Le regard dur et adoptant un air supérieur, le colosse faisait de son mieux pour impressionner les fêtards. Peut-être croyait-il avoir une quelconque importance ? Il n'évaluait pas l'utilité de son travail à sa juste valeur: hocher la tête et transporter des individus d'un point A à un point B. C'était tout. Il pensait peut-être qu'en bombant le torse, il serait mieux considéré. Mais non. Il n'obtiendrait pas l'attention qu'il cherchait.

Il n'y avait plus un espace de libre sur la piste. Rien qu'un nombre incalculable de gens se trémoussant au rythme d'une musique mono rythmique. Le lieutenant se dirigea vers le bar et trouva (par miracle) un siège. Il prit place et commanda un soda à une serveuse aux formes avantageuses. Il l'observa se pencher pour ouvrir le petit réfrigérateur et prendre la canette. Sympathique… Puis elle attrapa un verre en hauteur et versa le liquide. Alors qu'elle lui tendit le gobelet, il reprit ses esprits et fit pivoter le siège pour faire face à la piste de dance. Quel vacarme insupportable. Musique bon marché. Telle un produit. Fabriqué. Diffusé. Consommé. Oublié. Un bien musical sans saveur — Faux. L'atmosphère des discothèques est intéressante à analyser. Généralement plongé dans une lumière tamisé, ni trop sombre, ni trop éclairé, chaque personne se voit offrir l'occasion de se désinhiber. Bien plus facile quand les regards ne peuvent atteindre leurs cibles. Les corps se laissent aller et les tentations font leur apparition. Ca y est, l'espace d'une nuit, tu es le roi, la star de la soirée. Douce illusion. Car tu n'es qu'un petit larbin prêt à dépenser ton misérable petit salaire dans une bouteille de whisky. L'alcool fait tourner les têtes et renforce ton sentiment de toute puissance. Pas autant que la cocaïne, mais tout de même. Quoi qu'il en soit, profites, petite danseuse, car demain matin, ta vie sera la même, insignifiante et tracée d'avance. Il ne te restera qu'une journée pour récupérer et reprendre ton poste à la caisse du supermarché du coin.

Sonnen fit signe à la généreuse serveuse d'approcher et demanda à parler à Rita. Visiblement consciente de ses attributs, elle le toisa un instant et s'approcha d'une jeune femme blonde occupée à servir à boire à une bande de jeunes gens passablement agités. Quelques secondes plus tard, celle-ci fit face au lieutenant. Un mètre soixante-dix, un visage fin et des cheveux bouclés, Rita était une jolie fille. Il se présenta et lui demanda s'ils pouvaient s'entretenir dans un endroit plus calme. Elle acquiesça et lui demanda de la suivre. Ils pénétrèrent dans la remise où bouteilles, cigarettes et artifices de fête étaient entassés, prêts à satisfaire les moutons qui dansaient à côté.

— Mademoiselle Singer, je vous présente mes condoléances. J'aurais quelques questions à vous poser à propos de votre ex-petit ami Jérémy Benson.

Elle alluma une cigarette et scruta le sol, cherchant à éviter la confrontation visuelle.

— Je vous écoute, fit-elle doucement.

— Combien de temps a duré votre relation avec Jérémy ?

— Quelques mois. On s'est rencontré au lycée. Au début, on était simplement ami. On passait tout notre temps ensemble, Jérémy, Thomas et moi.

— Quand avez-vous rompu ?

— En fin de seconde.

— Puis-je savoir pourquoi, s'il vous plait ?

— A cette époque, comme je vous l'ai dis, tous les trois, on passait tout notre temps libre ensemble. On allait boire des bières, on discutait, rien de bien méchant. Et puis, Jérémy et Thomas ont rencontré ce type, et là, les choses ont commencé à déraper.

— Vous rappelez-vous du nom de cet individu ?

— Joey, répondit-elle. Jérémy n'était plus le même. Il était devenu distant. Ensemble, ils ont commencé à commettre de petits délits : briser des vitrines, voler des bouteilles d'alcool dans les supérettes. Pour moi c'en était déjà trop. Je ne reconnaissais plus Jérémy. Alors je l'ai quitté.

— Avez-vous gardé contact parla suite ?

— Non. Mais j'ai appris qu'ils s'en étaient violemment pris à un adolescent. Jérémy et Thomas s'en sont sortis indemnes car personne n'a pu prouver les faits. La victime a bien porté plainte mais sans succès.

Sonnen tenait peut-être quelque chose.

— Connaissez-vous le nom de la victime ?

— Brian Stern. C'est une petite ville. Ici, tout le monde se connait.

Sonnen remercia Rita et en se dirigeant vers la sortie, passa devant la piste de danse où des « beaux gosses aux cols relevés » lançaient des regards insistants à des demoiselles dont le surplus de maquillage trahissait un manque de beauté évident. Il franchit finalement la porte de sortie. Dehors, la nuit était noire et l'air froid. Pas une étoile, pas un soupçon de vent. Les feuilles des arbres qui bordaient la nationale ne bougeaient pas. Rien que l'obscurité. Et le silence.

Le lendemain matin, Sonnen se rendit au commissariat qui avait enregistré la plainte le jour de l'agression. Il demanda à avoir accès aux archives et consulta le dossier étiqueté au nom de Brian Stern. Le quinze septembre mille neuf cent quatre-vingt-dix-neuf, alors que Brian rentrait chez lui après avoir joué au basket avec ses amis, Thomas Born, Jérémy Benson et un jeune homme plus âgé, cheveux bruns, un mètre quatre-vingt (probablement Joey) lui étaient tombés dessus et l'avait roué de coup. Un quatrième individu était également présent. Son nom demeurait inconnu mais une description en avait été faite : un mètre soixante-quinze, cheveux châtains, corpulence moyenne. Autant dire monsieur tout le monde. Cette personne n'avait pas été confrontée. Thomas Born et Jérémy Benson, quant à eux, avaient été entendus. Les deux avaient tout nié en bloc et n'avaient dénoncé ni Joey, ni le quatrième agresseur. Ils n'avaient jamais rencontré Brian Stern ce jour là. Aucun indice n'avait pu permettre à l'enquête d'aboutir. Le passage à tabac avait coûté cher à Brian. Plusieurs côtes cassées, des points de sutures et des hématomes sur le corps. Mais plus que les blessures physiques, les troubles mentaux avaient été bien plus longs à se dissiper. A la suite de son agression, le jeune homme avait consulté un psychologue pendant de longs mois. Sa scolarité en avait pâti et il s'était petit à petit replié sur lui-même, se coupant du monde extérieur, refusant de voir ses amis.

Brian Stern vivait désormais dans une ville voisine et avait décidé de dédier sa vie à Dieu. Homme d'église depuis cinq ans, il avait vraisemblablement trouvé la paix à travers la religion. Ou à travers des meurtres, car Jérémy Benson et Thomas Born étaient à présent mort et enterrés. Deux des jeunes qui l'avaient autrefois passé à tabac. C'était bien trop gros pour n'être qu'une simple coïncidence. Stern était désormais le suspect numéro un.

Sonnen quitta le commissariat et salua un officier qui semblait très concentré sur son écran. Le lieutenant jeta un rapide coup d'œil et comprit. Le dernier Playboy était sorti et la couverture avait été postée en ligne. Une bimbo présentait ses fesses de manière assez suggestive. Sonnen sortit sur le parking, ouvrit la portière et monta à l'intérieur du véhicule, direction le domicile de Brian Stern.

Lorsqu'il se présenta au domicile du suspect, la nuit était tombée. Le lieutenant appuya sur la sonnette et une petite musique se fit entendre à l'intérieur. Pas de réponse. Après une deuxième tentative, Sonnen réalisa soudain que la porte était très légèrement entrouverte.

— Mr Stern ?

Toujours rien. Il poussa alors doucement la porte et franchit le seuil tout en sortant son arme. A l'intérieur, pas de lumière, pas un bruit. Rien. Sonnen inspecta le rez-de-chaussée. Personne. Il s'apprêtait à s'engager dans l'escalier quand un bruit retentit à l'étage. Le lieutenant s'engagea alors à toute vitesse et gravit les marches deux par deux. En haut, un petit couloir desservait trois pièces. Sonnen pointa son arme en direction de la porte de droite. Le bruit semblait venir de cette direction. Surveillant ses arrières, il actionna la poignée et ouvrit en silence. Sa main était humide. Il avait du mal à tenir fermement le pistolet. Son rythme cardiaque s'accélérait, il pouvait sentir son cœur tambourinait dans sa poitrine. Le taux d'adrénaline grimpait, la peur s'installait. La porte était maintenant ouverte. Il eut du mal à distinguer les formes de la pièce plongée dans la pénombre. Il commençait à s'habituer à l'obscurité quand il remarqua un objet au sol. Une lampe. Brisée. C'est la dernière chose qu'il vit ce soir là. Son corps perdit tout repère. L'équilibre laissa place à la chute, la pensée au néant. Un objet contendant venait de percuter le sommet de son crâne.

*

Nous étions repartis tranquillement après notre arrêt sur l'aire d'autoroute et avions roulé tout l'après-midi. Puis nous nous étions arrêtés dans une petite auberge pour passer la nuit. Le lendemain, à mon réveil, Anna dormait encore. Je la regardai un long moment, comme j'en avais pris l'habitude. Je ne réalisais toujours pas la chance qui m'avait été offerte. Elle était magnifique. Je pouvais enfin profiter du moment présent. Pour rien au monde je n'aurais souhaité être ailleurs. Tout ce dont j'avais besoin se caractérisait en Anna. Je me levai lentement et sans faire de bruit, enfilai un pantalon léger avant de sortir mon téléphone de la poche de ma veste. L'écran indiquait deux appels en absence et deux messages vocaux. Mick. J'écoutai la messagerie et constatai l'inquiétude de mon ami depuis que je n'avais plus donné de nouvelles. J'écrivis alors un texto afin de le rassurer en lui disant que j'allais bien mais que j'avais besoin d'un peu de temps. Je le remerciai également de son implication. J'entendis alors du bruit derrière moi. Anna se réveillait. Je me retournai et profitai de ce spectacle majestueux. Je me croyais dans un rêve.

Aux alentours de midi, après avoir pris un petit-déjeuner dans la chambre, nous sortîmes de l'auberge. En face de l'entrée principale, une voiture était garée, un modèle des années quatre-vingt dix, comme on en voyait dans les films d'actions de l'époque. Un passé lointain.

Mes démons semblaient avoir disparu. La souffrance que j'éprouvais chaque jour depuis des années s'était estompée. Ma rencontre avec Anna m'avait libéré d'un poids indescriptible. Je respirais à nouveau. Je profitais de chaque moment, prenais le temps de savourer ces instants de bonheur. Elle m'avait rendu ma liberté. J'étais heureux pour la première fois depuis très longtemps.

Après avoir roulé quelques heures, l'indicateur du niveau d'essence se mit à clignoter. Nous nous arrêtâmes à la station service la plus proche pour faire le plein. Je remplis le réservoir avant de me rendre à la caisse. La musique tournait à plein régime. Je saluai le caissier et tendis les billets lorsque j'aperçus la voiture. Le véhicule garé ce midi sur le parking de l'auberge était maintenant stationné sur le parking de l'aire. Mon cœur se serra soudain. Je récupérai la monnaie tout en gardant les yeux rivés sur le véhicule. Le chauffeur était au volant et ne bougeait pas. C'est alors que je réalisai que l'homme assis à l'intérieur me regardait. En fait, il ne me quittait pas des yeux. Que me voulait-il ? Tout à coup, la portière s'ouvrit et il descendit du véhicule sans détourner son attention. Il me dévisageait toujours avec autant d'insistance. Je vis alors son visage et restai pétrifié. Mes jambes se paralysèrent lentement. J'étais incapable de bouger. Je commençai à paniquer. L'individu se mit alors à marcher d'un pas assuré dans ma direction. Je peinais à respirer. La peur me glaçait le sang. Il se rapprochait maintenant. L'employé à la caisse me regardait d'un air inquiet, ne comprenant pas ce qui était en train de se produire. Puis soudain, comme si quelqu'un avait subitement décidé de me rendre mes facultés motrices, je réussis à libérer mes jambes de leur encrage. La porte s'ouvrit tandis que je prenais la direction des toilettes à la hâte. Je pénétrai à l'intérieur en fracas en heurtant de plein fouet les portes battantes. Celles-ci reprenaient petit à petit leurs positions initiales lorsque des bruits de pas résonnèrent de l'autre côté. Je respirai encore plus péniblement. J'étais pris au piège. Le bruit se fit plus sonore, tel un compte à rebours. Trois. Deux. Un… Les pas avaient maintenant cessé. J'attendais sans plus d'espoir le dénouement fatal. Mais rien ne se produisit. Le silence régnait. Des gouttes de sueur déferlèrent sur mon visage alors que je tentais tant bien que mal de reprendre mon souffle. C'est à ce moment que la porte s'ouvrit et que l'homme au regard noir comme la nuit fit irruption dans la pièce. La puissance de son regard était telle qu'il était presque impossible de le regarder dans les yeux. Après quelques secondes qui parurent durer une éternité, il s'adressa à moi :

— Bonjour Tom, cela fait longtemps.

Incapable de répondre, je restai figé.

— Tu n'as pas l'air dans ton assiette. Tu es sûr que tout va bien ?, reprit-il d'un ton sérieux.

Toujours aucune réponse de ma part. Je ne pouvais émettre aucun son, terrifié par la situation. L'homme se tenait à quelques mètres de moi. Il continua :

— Que se passe-t-il ? Tu ne t'attendais pas à me voir, c'est ça ? Tu croyais que j'allais oublier ce qui s'est passé ce jour là, dit-il d'un ton beaucoup plus agressif ?

Il avança alors d'un pas décidé et les poings fermés, le visage marqué de haine. Je réussis à effectuer un pas en arrière et leva les mains en position de défense. Je retrouvai alors ma voix :

— Je suis désolé, j'aurais du…

— Tu aurais du quoi!?, me coupa t-il en hurlant. Les en empêcher ?

— Oui, répondis-je, les larmes aux yeux. Je suis tellement désolé. Je n'ai cessé de repenser à ce jour.

J'étais maintenant en larmes mais son visage conservait la même expression de fureur. Je ne lui inspirais aucune pitié. Il avança alors vers moi. Il n'y aurait pas de tolérance, pas de compassion, pas de pardon.

— Le temps passe mais les blessures restent, dit-il au moment où il me saisit à la gorge.

La pression qu'il exerçait était si forte que je ne pus bientôt plus respiré du tout. Je tentai de dégager la prise mais en vain, il était bien trop fort. A cause du manque d'oxygène, je commençai à perdre connaissance. Il me saisit alors par le sommet du crâne et m'écrasa la tête contre le miroir au dessus des lavabos. Je m'écroulai au sol. Gisant sur le carrelage, un fluide rougeâtre coula à hauteur de mes yeux. Personne ne venait. Personne ne viendrait. L'homme me regardait d'un air impassible. Il se baissa alors et ramassa un morceau de verre brisé. Il s'approcha.

— Les souvenirs restent encrés, juste là, dit-il en posant un doigt sur sa tempe. Et, quoi que tu fasses, ils restent coller à toi, tu ne peux pas t'en défaire. J'ai mis du temps mais j'ai fini par réaliser que j'allais être contraint de cohabiter avec ces images dans ma tête jusqu'à la fin de mes jours.

Complètement sonné, impuissant, j'écoutais la rancœur de mon agresseur.

— Tu n'as absolument aucune idée de ce que c'est de vivre après ça, reprit-il. C'est un fardeau que tu dois porter tous les jours.

Je reprenais petit à petit mes esprits. Il s'accroupit alors à mes côtés. Ayant retrouvé son calme, il reprit :

— Tu vas payer comme les autres pour ce que vous m'avez fait.

Je reprenais conscience de l'environnement qui m'entourait et, allongé au milieu de la salle, le visage ensanglanté, je sentis de petits bouts de verres sous les paumes de mes mains. C'était la seule solution pour m'en sortir vivant. Il avait déjà tué Thomas Born et Jérémy Benson. Il ne m'épargnerait pas. A la hâte, je tâtai le sol de la main droite à la recherche d'un morceau de verre pouvant faire office d'arme. Après quelques essais non concluants, je sentis une forme pointue aux contours irréguliers. Je devais saisir l'opportunité. Mon agresseur était toujours accroupi et m'observait avec dégout. Il secoua la tête et détacha son regard un instant. Ce fut suffisant. Je lui enfonçai le bout de verre dans le coup de toutes mes forces. Surpris, aucun cri ne sortit de sa bouche. Il se tint le coup au niveau de la blessure qui saignait abondamment. Il retira le morceau de verre d'un geste mal assuré et ses yeux vacillèrent. Il plaqua lentement sa main sur la plaie. Il était maintenant allongé et se vidait de son sang. Paniqué et ne sachant quoi faire, je me rinçai le visage à la hâte et sortis de la pièce en courant avant de ralentir et de marcher à pas cadencés jusqu'à la sortie. Du bras droit, je cachai la trace rouge sur ma chemise. Une musique bruyante résonnait à travers les enceintes de cet endroit impersonnel. Le volume avait du camoufler la confrontation.

*

Sonnen avait repris connaissance au milieu de la pièce plongée dans le noir. Au début, il ne parvint pas à distinguer les contours. Sa tête lui faisait mal. Le coup reçu sur le sommet du crâne l'avait laissé inconscient pendant un moment. Quand il se releva, tout autour de lui se mit à tourner, tel un manège sans fin. Il manqua de s'écrouler, son équilibre encore instable. Il prit le temps de respirer et d'appréhender ce qui l'entourait. Le silence régnait dans la maison. Il se dirigea vers la porte dont l'encadrement apparaissait désormais plus distinctement. Il actionna l'interrupteur mais rien ne se produisit. Stern avait du couper le courant avant de se cacher dans une des pièces voisines. Le lieutenant descendit l'escalier en restant sur ses gardes et se mit à la recherche du compteur électrique. Il le trouva dans la buanderie et actionna le petit levier. Une lumière vive inonda la pièce. Au rez-de-chaussée, rien à signaler. Il s'était de toute évidence enfui après l'avoir agressé. Le lieutenant fit marche arrière et remonta l'escalier. Arrivé en haut, il pénétra dans la salle de bain. Il inspecta la petite armoire fixée en hauteur à côté du miroir. A l'intérieur se trouvait toutes sortes de médicaments classiques : aspirines, sirop pour la toux, pastilles pour la gorge. En examinant en détail les différentes étagères, il finit par tomber sur un flacon remplit de pilules blanches : des antidépresseurs. Sonnen avait par la suite trouvé de nouveaux comprimés et des petites boîtes vides dans la poubelle. Selon les dates inscrites sur les étiquettes, Stern devait consommer ces produits depuis au moins un an. Le policier errait maintenant dans le couloir à l'étage et pénétra dans la dernière pièce. Le matin était encore loin et il appuya sur le bouton. Immédiatement, la pièce se plongea dans un amont de lumière. Il resta interloqué, décontenancé par ce qu'il découvrait. Sur les murs étaient affichées des photographies de Thomas Born et Jérémy Benson. Des articles de journaux décrivaient l'agression de Brian Stern survenue dans un petit village « calme et paisible ». Des clichés des deux hommes décoraient la pièce qui prenait soudain un aspect bien plus tragique et effrayant. Stern ne s'était jamais remis de ce passage à tabac. Il avait probablement gagné la foi dans l'espoir d'oublier, et peut-être de pardonner. Mais il avait visiblement échoué. Cette pièce était le reflet de son esprit, un esprit meurtri qui souffrait depuis des années et qui n'avait jamais réussi à trouver le repos.

Chapitre 15

« And every time you think you gotten past it it's
gonna come back around and tackle you to the damn
ground »
« Et à chaque fois que tu penses l'avoir franchi, il
va revenir et te mettre à terre »

Eminem

Sorti en trombe de la station d'autoroute, et après avoir discrètement enfilé un t-shirt propre attrapé à la hâte dans le coffre de la voiture, je roulais à vive allure, complètement paniqué et ne sachant quoi faire. Anna me regardait avec des yeux ébahis. Elle me questionna, effrayée :

— Mais, que se passe t-il ?

Je ne répondis pas. J'essayais de me calmer pour reprendre mes esprits mais l'adrénaline m'en empêchait. Ce qui était sûr, c'est qu'un employé de la station service n'allait pas tarder à découvrir le corps. Dans peu de temps, la police serait sur place et découvrirait la pièce ensanglantée. Les officiers inspecteraient les moindres détails et tenteraient de reconstituer la scène. Et s'ils découvraient que le meurtre n'était que la conséquence d'un acte de légitime défense ? Peut-être devrais-je me rendre tout simplement ? J'avais agi uniquement pour me défendre, après tout. Mais les questions qui s'en suivraient ne feraient que sceller mon destin. Je ne pouvais choisir cette option. Je me voyais déjà dans la salle d'interrogatoire, assis sur une chaise dans une pièce cloisonnée. Une pièce aux couleurs froides et à l'éclairage angoissant ; et un miroir sans tain qui vous donne le temps de regarder dans quel pétrin vous vous êtes embarqués. Je devais absolument me calmer et réfléchir. Anna m'observait toujours, inquiète.

Au bout d'une cinquantaine de kilomètres, je recommençai à raisonner plus sereinement. Au vue de la situation, je n'avais pas le choix, ou plutôt si, je l'avais, et je venais de prendre ma décision. Car quoi que l'on fasse dans la vie, nous avons toujours le choix. Un choix implique des conséquences. Il est donc important de bien penser ses actes car on se doit de payer le prix pour chaque décision que l'on prend. Je devais donc fuir. Heureusement, Anna était avec moi. Elle semblait plus rassurer à mesure que le temps passait, réalisant que la tension avait baissé. Elle comprenait mes doutes, connaissait mes angoisses et par-dessus tout, me faisait confiance. Mais en lui cachant la vérité, je trahissais cette confiance. Etait-elle prête à entendre ce qui venait de se produire ? Comment réagirait-elle ? Lui inspirerais-je du dégoût ou de la pitié ? De la colère ou de la compréhension ?

Je n'aurais su expliquer pourquoi mais j'éprouvais le sentiment réconfortant qu'elle resterait avec moi, quoi qu'il arrive.

*

Quand Sonnen reçut l'appel de Fehn, il venait de quitter le domicile de Stern et avait appelé une équipe de la police pour récupérer les différents éléments nécessaires à l'enquête. Il ne cacha pas sa surprise quand ce dernier lui annonça le décès de Brian. Poignardé, Brian Stern avait succombé rapidement de ses blessures. Pour le moment, pas de témoin. La scène de crime était en cours d'analyse. Sonnen ne put s'empêcher de demander :

— Et sur la scène de crime ? Avez-vous retrouvé un indice similaire aux deux autres meurtres ? Un nombre ?

— Non, rien. On continue à chercher mais à première vue, il n'y a rien. On se retrouve au commissariat afin de faire le point sur l'enquête.

— Bien monsieur, répondit le lieutenant.

Sonnen se rendit d'abord à l'hôpital afin de faire examiner sa blessure au crâne. Etant en service, il passa en priorité. Sa présence ici n'était selon lui pas nécessaire, mais c'était la procédure, alors… Après avoir reçu le feu vert du médecin, il prit la direction du commissariat de police et tenta de rassembler ses idées. De nombreuses questions se posaient : l'enquête sur les deux meurtres venait-elle d'être résolue ? Stern avait-il été tué par l'individu qu'il pourchassait ? Si oui, qui était ce dernier ? Joey ?

Le ciel était gris et un vent léger mais frais faisait bouger la cime des arbres. Un temps maussade, triste. Sonnen arriva en premier et pendant qu'il attendait son chef, se perdit un moment à observer les lieux : en observant ses collègues, il constata un décalage évident. Comme si un mur invisible s'était dressé entre lui et le reste des policiers. C'était comme assister à une scène de cinéma diffusée au ralenti. Cela permettait de discerner les petites caractéristiques qui passent inaperçues en temps normal. Il regardait des individus sans ambitions et fiers de porter une matraque à leur ceinture. Les officiers un peu plus évolués avaient été manipulés et éprouvaient une certaine fierté à « servir le pays ». Ils ne remettaient en question ni les raisons de leurs agissements, ni le gouvernement qui les employait. Ils servaient la justice et les représentants politiques les remerciaient gentiment chaque année.

Finalement, Sonnen se dit qu'il aurait mieux fait de s'occuper différemment. Fehn arriva quelques minutes plus tard et demanda au lieutenant de rassembler les différents éléments de l'enquête. Ils étaient à présent dans le bureau du capitaine et tentaient de mettre les choses en ordre afin d'obtenir une suite logique des évènements.

— Bien, fit le capitaine en guise de commencement. Nous savons que Thomas Born et Jérémy Benson ont très probablement été assassiné par le même meurtrier. Les deux victimes se connaissaient depuis leur adolescence et leurs chemins se sont séparés avec le temps. Jusque là, nous sommes d'accord ?

— C'est exacte, monsieur. Thomas et Jérémy avait l'habitude de passer du temps ensemble ainsi qu'avec deux autres individus dont les noms restent pour le moment inconnus.

— Bien. Thomas et Jérémy ont donc agressé Brian Stern il y a des années et ce dernier serait donc l'auteur de ces meurtres. C'est bien cela ?

— En effet, capitaine. Cela semble être logique. Brian a été violemment battu par ces deux individus alors qu'il n'était qu'un adolescent. Les blessures physiques furent importantes mais les traces émotionnelles de ce passage à tabac l'ont été bien plus. Thomas et Jérémy ont par la suite vécu des vies normales. La sienne, quant à elle, a été brisée. Il ne s'en ait jamais remis, en témoigne les photos et les articles retrouvés à son domicile. Il est sans doute devenu religieux dans l'espoir de trouver la paix. Mais en vain.

Le capitaine écoutait attentivement et, comme pour Sonnen, cette théorie lui semblait cohérente. Il reprit la parole :

— Stern a donc assassiné Thomas et Jérémy. Mais maintenant, c'est lui que l'on a retrouvé mort. Qu'en pensez-vous ? Il aurait tenté de poursuivre sa vengeance et aurait échoué ?

— Cela en a tout l'air. Il a probablement été tué par un de ses agresseurs. Le problème, c'est que nous n'avons aucune idée de l'identité de ces individus. L'un d'entre eux s'appelait apparemment Joey, mais nous n'avons rien trouvé dans les fichiers de la police. Peut-être était-ce seulement un pseudonyme. Et en ce qui concerne le quatrième, rien.

— Et ces nombres retrouvés sur les scènes de crime, « 23 » et « 11 » ? Que signifient-ils ?

Sonnen esquissa une moue dubitative et répondit :

— Pas la moindre idée, capitaine.

Fehn réfléchit un instant et quelques secondes plus tard, il s'adressa à nouveau au lieutenant :

— Allez interroger l'entourage de Stern. Peut-être leur a-t-il parlé de ses agresseurs. Il se peut qu'ils détiennent d'importantes informations.

Sonnen, après avoir renseigné la paperasse habituelle, enfila sa veste et quitta le commissariat. Il n'avait pas dormi normalement depuis bien longtemps.

Les jours qui avaient suivi la mort de Brian Stern n'avaient rien apporté à l'enquête. Néanmoins, le capitaine Fehn avait tenu une conférence de presse et informé les journalistes que l'enquête était sur la bonne voie et que les enquêteurs disposaient de sérieuses pistes. Il n'était pas envisageable d'avouer publiquement qu'ils ne disposaient de rien de tangible. Cependant, l'hypothèse de départ avait été confirmée. Sonnen avait commencé par rendre visite aux parents de la victime. Ils s'étaient effondrés dès l'entame de la discussion. Evoquer le prénom de leur défunt fils leur avait été insupportable. Il était trop tôt. La peine, la souffrance, la colère et l'amertume se reflétaient dans leurs yeux. Selon sa mère, à l'époque des faits, Brian s'était peu à peu refermé sur lui-même. Il ne sortait plus et ne voyait donc plus ses amis. Il avait cessé toutes activités extrascolaires et s'était réfugié dans sa chambre. Au bout de quelques semaines, ses parents l'avaient convaincu de consulter un psychologue. Un long processus avait alors été engagé. Finalement, après de longs mois de suivi psychologique et de travail sur lui-même, Brian s'était à nouveau ouvert et avait recommencé à vivre. Pendant la thérapie, le psychologue lui avait confié que l'une des conditions essentielles à son rétablissement était de trouver un objectif à atteindre, une raison d'avancer. Et c'est ainsi que Brian avait trouvé sa voix en choisissant la religion. Il avait décidé « d'aider ses prochains », selon sa mère. Quand Sonnen avait évoqué les meurtres commis par leur fils, les parents s'étaient soudain tendus et avaient adopté un regard dur.

— Ces gens ont mérité ce qui leur sont arrivés. Ils nous ont pris notre fils ce jour là. Où était la justice ? Hein ? Ou était-elle après que mon fils se soit fait sauvagement agressé ? Qu'a-t-elle fait ? Rien, monsieur. Ces adolescents s'en sont tirés comme si rien ne s'était produit. Soi-disant parce que la police n'avait pas de preuve. Ces individus sont responsables de la mort de mon enfant. Mon fils s'est vengé et ce n'est que justice. La police n'a pas été capable de l'appliquer il y a dix ans, et voilà le résultat, mon fils n'est plus là aujourd'hui, avait crié en sanglot la mère de Brian.

Son mari l'avait prise dans ses bras. Il était tout aussi affecté mais le laissait moins paraître. Sonnen avait par la suite demandé sans réel espoir s'ils connaissaient les deux individus dont l'identité restait inconnue. Le père avait répondu :

— Nous n'avons jamais su. Brian ne les connaissait pas. Et après son agression, il a tenté d'oublier. Il voulait passer à autre chose. Nous pensions qu'il en était parvenu (les larmes lui étaient montées aux yeux). Mais en réalité, il faut croire qu'il n'y est jamais arrivé.

Le lieutenant avait par la suite rencontré d'anciens camarades de classes qui se trouvaient toujours dans la région. Ils avaient perdu le contact avec Brian après les évènements qui avaient poussé ce dernier dans la solitude. Tous s'étaient accordés pour le décrire comme un garçon généreux, sympathique et timide. Ils

iraient, malgré ses actes, lui rendre hommage à ses
obsèques.

Chapitre 16

« She is everything to me, the unrequited
dream, a song that no one sings, the unattainable »
« Elle est tout pour moi, le rêve non partagé, une
chanson que personne ne chante, l'inatteignable »
Corey Taylor

Cet après-midi là, il faisait gris, et un vent froid d'hiver soufflait fort, accentuant un peu plus le caractère tragique de cette journée. Une petite foule s'était rassemblée sur le parking de l'église. Tour à tour, des proches, d'anciens camarades de classe ou de simples connaissances s'approchaient des parents de Brian Stern et leur présentaient leurs condoléances. Sonnen se tenait à l'écart et observait avec attention. Malgré les faits, il ne parvenait pas à accepter l'issue finale de l'enquête. Ce type de cérémonies permettait parfois de démasquer certains imposteurs, qui pouvaient se trahir par péché d'orgueil. Cependant, c'était peu probable. Les meurtriers qui assistaient aux enterrements de leurs victimes étaient généralement des sadiques et par conséquent, étaient maîtres pour dissimuler leurs émotions.

Le corbillard arriva et s'arrêta devant un large escalier qui menait à l'entrée de l'église. Quatre hommes en sortirent et saisirent le cercueil à l'arrière du véhicule. Un cinquième se dirigea vers les parents de Stern et prononça quelques mots avant de rejoindre ses collègues. La foule suivit alors le cortège et s'installa sur les bancs disposés en face de l'autel. Sonnen prit place sur la dernière rangée. Une fois que tout le monde fut assit, le prêtre apparut. Il entama alors un discours :

« Aujourd'hui, nous sommes ici pour célébrer la mémoire de Brian, qui nous a quitté brutalement et qui laisse derrière lui chagrin et tristesse. Mais plus que son départ, nous célébrons sa nouvelle vie qui commence, au côté du seigneur. Brian a dédié une partie de sa vie à le servir et le retrouve aujourd'hui. Et c'est à Dieu, oui, qu'il en viendra de décider si Brian le rejoindra au paradis et lui accordera le pardon pour le mal qu'il a commis. Nous sommes tous les enfants de Dieu et nous prosternons devant Lui. Nous nous devons de nous soumettre à ses volontés pour espérer, après notre chemin parcouru sur Terre, le retrouvait après la mort. »

Sonnen ne remarqua rien de suspect parmi les individus présents et, au bout d'un moment, décida qu'il en avait assez entendu. Il sortit alors discrètement. A ses yeux, la religion n'avait aucun sens. Comment pouvait-on adopter sa ligne de conduite en obéissant à des ordres soi-disant dispensés par le « Messie » deux mille ans auparavant. Des millions de gens continuaient de vivre selon le code d'un livre écrit il y a des siècles et se soumettaient à la volonté d'un Dieu. Sonnen était pragmatique. Doté d'un cynisme constant et omniprésent pour son jeune âge, il ne voyait en la soumission des hommes au Seigneur que la peur de prendre leurs vies en main, l'angoisse d'être libre. Il était bien plus facile et moins risqué d'obéir, de se soumettre. Les adeptes des religions étaient incapables de vivre pleinement leur vie. Selon certains, tout était écrit. Quelle déclaration pathétique. Bien au contraire, tout restait à faire. Supposer qu'une force extérieure avait décidé de l'avenir de chacun consistait à se dédouaner de toute action personnelle, de toute entreprise éventuelle de réflexion sur soi. Alors qu'il attendait dehors, il se remémora l'un de ses cours d'instructions religieuses. A l'époque où il étudiait au sein d'un collège privé catholique, son professeur avait énoncé la liste des péchés, parmi lesquels figurait la vanité. Quelques instants plus tard, le professeur avait écrit au tableau les dix commandements. L'un d'entre eux disait : « Tu n'adoreras que Dieu ». Sonnen avait été frappé par ce paradoxe évident que personne n'avait apparemment repéré. Alors que la vanité venait tout juste d'être considéré comme un pêché capital, l'un des commandements du seigneur consistait à accorder à Lui et Lui *Seul* une adoration inconditionnelle. C'était absurde et Sonnen avait voulu réagir. Lorsqu'on lui avait donné la parole et qu'il avait argumenté ses propos, le professeur lui avait asséné un regard assassin. Après de longues remontrances, il avait décidé de ne pas prolonger la conversation. Aujourd'hui, il n'éprouvait aucune tolérance en ce qui concernait la religion. Il comprenait que certains individus puissent se tourner vers une « puissance externe » pour faire face à des moments de grands chagrins. Mais il n'éprouvait aucune empathie pour des gens qui décidaient de soumettre et calquer leur vie sur un chemin que l'on avait tracé pour eux. La peur, telle était le mobile d'un tel dévouement.

Inconsciemment, ces personnes ressentaient la peur de l'absence : l'absence de logique. Que faisons-nous ici ? A cette question terrifiante, ils n'éprouvaient qu'angoisse et incertitude. Il était bien plus facile de se fier à des faits rassurants, bien qu'ambigus. La vérité selon lui était claire : il n'y avait aucune logique, juste un concours de circonstances, des coïncidences qui avaient permis au monde d'apparaître. Les être humains ne bénéficiaient d'aucune bénédiction divine, d'aucune protection. Ils étaient confrontés à la dure loi du chaos, une loi imprévisible et anarchique.

La cérémonie se terminait et les premières personnes commençaient à quitter le lieu sacré en silence. Sonnen observait une dernière fois la foule. Bientôt, le parking se vida et il décida alors qu'il était temps de rentrer. Il pénétra dans son véhicule, toujours perturbé par l'idée que tout ne collait pas. Il inséra la clé dans la fente et alluma le moteur. Une fumée blanche s'échappa du véhicule par le pot d'échappement. Dehors, le ciel gris s'accordait avec le froid glacial. Le lieutenant emprunta doucement le chemin de pierre qui menait à la départementale. Celle-ci était vide et il s'y engagea, la tête ailleurs. Etait-ce vraiment la fin de l'enquête ? La scène de crime où le corps de Brian Stern avait été retrouvé n'avait rien donné. On pouvait supposer que ce dernier avait tenté d'assassiner l'un des deux autres responsables de l'attaque qu'il avait subi dans sa jeunesse. Mais personne ne connaissait leurs identités. Quelque chose ne coïncidait pas. Que signifiaient ces nombres « 23 » et « 11 » ? Après avoir recoupé les informations, ils ne correspondaient à rien concernant la vie de Stern. Cette idée ne cessait de tracasser Sonnen. Ces nombres avaient forcément une signification, une logique. Tout d'un coup, il reprit ses esprits et se concentra à nouveau sur la route. Fatigué, il s'efforça de garder son attention. Il alluma la radio et se brancha sur une station musicale. Quand le son sortit des enceintes, une moue de dégout se dessina sur son visage. L'industrie musicale ne lui plaisait guère. La musique d'aujourd'hui n'avait plus rien de personnel ou de créatif. Juste des produits à consommer. Des soi-disant chanteurs et chanteuses apparaissaient et devenaient des icones. On appelait « artistes » des gens qui ne composaient pas leur musique et qui n'écrivaient pas leurs paroles. La musique n'avait pas d'âme mais cela semblait convenir à la plupart des gens. Sonnen éteignit la radio et inséra un disque d'un groupe de nu-métal américain fondé dans les années quatre-vingt dix. Aux premières notes, il retrouva le sourire. La musique était salvatrice pour lui et lui faisait ressortir toutes sortes d'émotions. Il roula ainsi un moment, seul sur cette route isolée, à se détendre au rythme des notes parfois agressives, parfois mélodieuses. Il connaissait cet album par cœur et appréciait chacun des morceaux. Alors que le chanteur venait de conclure le morceau avec « you don't feel nothing at all », les premières notes de la chanson suivante retentirent. C'est alors que le cœur de Sonnen se serra.

— Oh non.

*

Nous avions finalement passé quelques jours dans un village de campagne. Le soir de notre arrivée, nous nous étions installés dans un motel situé à l'entrée d'une grande forêt. Notre chambre donnait sur un petit chemin qui coupait à travers les bois. A la tombée de la nuit, un spectacle grandiose se produisait et les ombres jouaient au rythme du vent. Un ciel noir plongeait l'endroit dans une atmosphère surréelle. Un épais brouillard créait des silhouettes alambiquées, fantasmagoriques. Nous étions restés assis sur le lit un long moment, à observer la scène qui se jouait devant nous. J'étais calme, serein. La présence d'Anna me procurait un bien jusque là inconnu. Son aura réussissait à calmer la rage qui brulait en moi. A ses côtés, je me sentais en sécurité. Le lendemain, nous nous étions promenés dans la forêt où le froid et les arbres nus n'atténuaient en rien le charme de l'endroit. Nous nous étions ensuite rendus dans une brasserie du centre du village pour déjeuner. Une télévision était installée en hauteur. Alors que nous nous installions, la chaîne d'information nationale diffusait des images d'un commissariat. En premier plan, un homme plutôt jeune, vêtu d'un costume sobre, tenait un discours :

« ... Nous sommes sur la bonne voie. Nous ne pouvons dévoilés certaines informations pour le moment, mais nous disposons d'éléments qui nous permettent d'or et déjà d'orienter nos recherches dans une direction précise. Il ne fait aucun doute que nos déductions nous permettent d'envisager sereinement une arrestation dans de brefs délais. Nous vous tiendrons informés des évolutions de l'enquête. Merci. »

Des journalistes tentèrent de poser des questions alors que les flashs des appareils numériques illuminaient le visage fatigué du policier. Mais le policier remontait déjà l'escalier et pénétra quelques secondes plus tard à l'intérieur d'un bâtiment en béton des années soixante-dix.

Mon cœur s'emballa. « Il ne fait aucun doute que nos déductions nous permettent d'envisager sereinement une arrestation dans de brefs délais ». Cette annonce me ramena brusquement à la réalité. J'avais fais de mon mieux pour me convaincre que tout irait bien. Mais à présent, ce flash d'information marquait-il la fin de mon épopée avec Anna ? Je ne m'étais jamais senti aussi bien de toute ma vie. Ces journées que nous avions passé ensemble, ces moments d'intimité, cette compréhension mutuelle… Les instants que nous avions partagé jusque là avaient comblé tout ce dont j'avais toujours espéré. Je me rappelai de ma solitude, ces instants interminables de réflexion, d'introspection. Je me souvins du désespoir et de la tristesse que j'éprouvais jour après jour. Toutes ces émotions négatives avaient disparu au contact d'Anna. Elle m'avait ramené à la vie. Et maintenant, on allait me l'enlever. Elle. Je venais de recommencer à vivre, je réapprenais à profiter de l'instant présent. Mais voilà que le monde allait s'écroulé sous mes pieds. Je ne pouvais pas laisser cela se produire. Je devais fuir. Mais je n'étais enclin à me cacher qu'à la condition de rester avec Anna. Or, je ne pouvais lui imposer cette décision. Nous étions partis depuis presque une semaine. Chaque jour ne faisait que confirmer mes pensées et chaque conversation renforçait mes sentiments. Comment voyait-elle l'avenir ? L'imaginait-elle avec moi ? Je savais que nous ne pourrions pas continuer ainsi.

Heureusement, je n'avais rien laissé paraître de mon inquiétude. J'avais pris sur moi pour rester de marbre, alors que l'étau semblait désormais se resserrer. Je me sentais pris au piège. Une chose était pourtant certaine, je lui devais la vérité.

La nuit était tombée tôt en cette journée d'automne. Le soir, tout semblait plus lent. Le village paraissait vivre au ralenti, laissant la nature dicter le rythme. Anna et moi étions en train de nous réchauffer près des radiateurs lorsque je décidai de me confier à elle. L'adrénaline accéléra mon rythme cardiaque, et c'est avec peine que je prononçai les premiers mots :

— Je… Je voudrais te dire quelque chose… Au sujet de ce qui s'est passé hier.

Anna semblait intriguée, mais ses yeux indiquaient qu'elle attendait ces explications depuis un moment. D'un signe de tête, elle m'incita à poursuivre.

— Quand nous nous sommes arrêtés ce jour là, j'ai rencontré quelqu'un que je n'avais pas revu depuis de longues années. A cette époque, je fréquentais des personnes peu recommandables.

Je m'arrêtai un instant, tentant de trouver les mots justes.

— Un jour, alors qu'on se rendait au terrain de sport dans un coin isolé de la ville, nous avons rencontré un de mes amis. En fait, nous n'étions plus vraiment amis depuis que mes fréquentations avaient changé. A cette époque, je côtoyais des gens un peu plus âgés. Nous ne passions plus de temps ensemble mais il restait néanmoins quelqu'un que j'appréciais. Et c'est alors que ces imbéciles ont commencé à le provoquer. Ils le poussaient, l'insultaient, le traitaient de « lâche ». Je pouvais voir la peur dans ses yeux. Lui ne répondait pas. Il a levé les yeux dans ma direction, et alors j'ai pu voir la détresse dans son regard…

Les larmes me montaient aux yeux et coulèrent bientôt sur mon visage. Anna s'approcha de moi et mit sa main sur mon épaule. Après quelques secondes, je poursuivis :

— Il m'appelait clairement à l'aide. Et moi, je restais là, à observer, pétrifié. Et puis, alors qu'il avait compris que je ne ferais rien pour venir à son secours, il poussa l'un d'entre eux et commença à courir. Malheureusement, ils le rattrapèrent en quelques secondes. Ils le mirent ensuite à terre et commencèrent à le rouer de coups.

Je fermai les yeux et revus la scène se jouer dans mon esprit. Chaque détail s'y trouvait. Le vent léger qui balayait le terrain vague à côté. Le ciel bleu et le soleil haut dans le ciel. La terreur dans son regard. La joie et l'excitation dans leurs yeux. Le bruit de son corps qui heurte le bitume. La violence des coups. Ses mains en protection. Ses cris de douleur. Sa détresse. Et moi, qui ne bougeais pas.

— Il s'est retrouvé à l'hôpital avec de sérieuses blessures. Mais l'impact psychologique fut le plus dur à surmonter. En fait, je crois bien qu'il n'a jamais réussi à s'en remettre.

Anna écoutait attentivement. Dans ses yeux, je pouvais lire une multitude d'émotions à mesure que je lui racontais mon histoire. Je fis une courte pause, remettant de l'ordre dans mes idées. Anna en profita :

— Tu étais jeune. Tu as commis une erreur mais on en commet tous. Tu ne dois pas garder cette culpabilité.

J'acquiesçai et poursuivis :

— Il y a quelques jours, alors que nous roulions, j'ai entendu à la radio que deux des individus qui avaient agressé mon ami ont été retrouvé assassinés. J'ai bien sûr vite fait le rapprochement. Et c'est là qu'à la station service, je suis tombé sur lui.

Je commençai alors à paniquer tandis que la scène de l'altercation repassait dans ma tête.

— Il a tenté de me tuer, balbutiai-je. Je me suis défendu et l'ai blessé grièvement. Je ne voulais pas le tuer. C'était un accident.

Je laissai alors l'émotion me submerger. Les larmes coulaient abondamment sur mon visage déjà marqué par la peur. Anna était visiblement sous le choc. Je venais de lui avouer un meurtre. Je redoutais sa réaction. Allait-elle fuir et m'abandonner ? Ou resterait-elle à mes côtés ? Pendant un court moment qui me parut bien plus long, un silence pesant envahit la pièce. Puis, ce dont j'espérais de tout mon cœur se produisit, comme par miracle. Elle se blottit contre moi, sans dire un mot, laissant simplement ce geste exprimer ses sentiments.

*

« It's nineteen ninety-nine… ». Ces mots ne cessaient de résonner dans la tête du lieutenant. Comment avait-il pu passer à côté d'un tel indice ? Là, tout de suite, alors qu'il conduisait au dessus des limites autorisées, son esprit était partagé entre la satisfaction de cette découverte et la déception d'avoir été aussi lent à comprendre. Les pièces du puzzle s'emboitaient à présent. Et s'il voyait juste, l'affaire allait prendre une toute autre tournure. Il prit la direction du commissariat de police de la ville où Brian Stern avait grandi. Le paysage défilait, comme autant d'images succinctes dessinant au fur et à mesure le tableau final.

Alors qu'il roulait seul sur cette route déserte, au beau milieu de nulle part, Sonnen songea à sa vie. Il plongea dans son passé et revit les moments de joie, puis les instants de tristesse. Les années s'étaient écoulées, ne laissant que des souvenirs derrière elles. Et à cet instant précis, il réalisa que le présent était bien moins attrayant que le passé ; et le futur, bien plus effrayant.

Après un long trajet, il était finalement arrivé dans le petit village où vivait autrefois Brian. Le commissariat ne se trouvait qu'à quelques kilomètres. En passant devant la demeure de feu Brian Stern, un frisson lui parcourut l'échine. Quelle tragédie… La vie n'avait pas été tendre avec cet homme. Dehors, il n'y avait pas signe de vie. Les fenêtres étaient fermées, les volets rabattus. On aurait dit que le village cherchait à se protéger d'une attaque imminente. A faire froid dans le dos. Alors qu'il venait de sortir de ce lieu marqué par la souffrance, Sonnen jeta un dernier regard dans le rétroviseur. Les branches des arbres remuaient légèrement, inscrivant un rythme lent mais régulier. Cette danse morbide finissait de dresser un portrait macabre.

Lorsque le lieutenant franchit les portes du commissariat, il éprouva tout de suite une impression de déjà vu. Le même officier à l'entrée lisait un magazine pour adulte alors que les autres allaient et venaient dans l'« open space ». Sonnen se présenta et demanda à avoir accès aux archives. Un officier lui emboita le pas et le conduisit à l'étage inférieur. L'escalier était délabré et les murs laissaient supposer que les rénovations n'étaient probablement pas d'actualité. L'officier, tout en cherchant l'allée correspondante, répétait inlassablement : « mille neuf cent quatre-vingt-dix-neuf… », « mille neuf cent quatre-vingt-dix-neuf… ». Puis soudain, il s'exclama :

— Ah, ça y est, j'ai trouvé ! C'est ici…

Sonnen observa l'allée remplit d'épais classeurs. Il remercia l'officier et se mit à la recherche du dossier. Si son intuition était la bonne, il devait se trouver dans la colonne du mois de novembre. Son regard parcourut rapidement les étiquettes collées aux dossiers et s'arrêta lorsqu'il repéra le premier dossier du mois recherché. Il avait l'année et le mois. Ne restait plus qu'à trouver le jour : le vingt-trois. Plus lentement cette fois-ci, il effleura du regard les dossiers. Il fut surpris de trouver autant d'affaires pour une ville de taille modeste. Concentré et faisant de son mieux pour contenir son excitation, il chercha le dossier correspondant aux nombres retrouvés sur les scènes de crimes. Le dé avait dévoilé le nombre « 23 ». Le nombre « 11 », quant à lui, avait été écrit avec le sang de la victime sur un mur dans la ruelle où le corps avait été retrouvé. Enfin, l'année mille neuf cent quatre-vingt-dix-neuf était le titre de la chanson qui passait lorsque Sonnen était entré dans l'appartement d'Etwon. Cette même année, un peu plus tôt, Brian Stern avait été violemment agressé. Il s'apprêtait enfin à prouver le lien entre les trois meurtres. Il finit par trouver le jour qu'il cherchait. Trois dossiers avaient été enregistrés ce jour là. Il parcourut le premier. Une vieille dame s'était faite agressée et dérobée son sac à main. Le deuxième traitait d'un vol de voiture. Sonnen referma nerveusement le dossier et s'empara du troisième. Il l'ouvrit, et à sa grande déception, découvrit qu'il s'agissait d'une poursuite judiciaire pour détérioration de la voie publique. Dépité, il rangea le dossier et réfléchit. Il remonta alors et s'adressa à l'agent qui l'avait orienté vers la salle des archives un peu plus tôt. Il demanda à parler à un policier qui travaillait déjà ici à la fin des années quatre vingt dix. L'agent lui demanda de patienter un instant et décrocha le combiné. Il marmonna quelques mots inintelligibles avant de raccrocher et de s'adresser à Sonnen :

— Le gros Bob arrive dans quelques minutes, dit-il en arborant un sourire mesquin auquel le lieutenant ne réagit pas.

Effectivement, l'officier n'avait pas menti. Un homme d'une quarantaine d'années et qui devait peser dans les cent vingt kilos fit son apparition. Il peinait visiblement à trainer sa bedaine. La sueur perlait sur son front, on aurait dit qu'il venait de courir le marathon. Son ventre proéminent était contenu dans une chemise à carreaux, elle-même rentrée dans un pantalon marron en velours. Il respirait difficilement. L'homme obèse interrogea du regard son collègue qui fit un signe de tête vers Sonnen en guise de réponse. Bob alla à sa rencontre et le salua :

— Bonjour, officier Nelson. En quoi puis-je vous aider ?

Sonnen se présenta à son tour et l'invita à descendre dans la salle des archives. Arrivé en bas, ils déambulèrent un moment, le temps que le jeune lieutenant retrouve les trois dossiers qu'il avait épluché quelques minutes auparavant. Nelson paraissait désintéressé. Il arborait une mine blasée par la routine de journées sans surprise. Son regard errait à droite et à gauche, ne prêtant pas attention à Sonnen.

— Les dossiers sont-ils tous conservés ici ?, demanda t-il tout en continuant à chercher.

— Oui. C'est une petite ville, les crimes ne sont pas monnaie courante ici. Nos locaux sont assez grands pour tout conserver. Du moins pour le moment, répondit Bob.

Celui-ci regardait sa montre, ne démontrant que très peu d'intérêt envers le lieutenant. Il semblait presser d'en finir. Sonnen retrouva rapidement la colonne de dossiers et sortit les trois affaires enregistrées le vingt-trois novembre mille neuf cent quatre-vingt-dix-neuf.

— Je suis à la recherche d'un crime commis sous votre juridiction mais je ne parviens pas à trouver le dossier. Êtes-vous certain qu'aucun d'entre eux n'a été déplacé ?

— Je vous l'ai dis, toutes les affaires sont classées ici. Les archives couvrent tous les crimes commis depuis les années soixante-dix. De quoi s'agit-il ?, demanda Nelson sans pouvoir contenir un soupir de lassitude.

— Je suis à la recherche d'informations sur un crime commis le vingt-trois Novembre mille neuf cent quatre-vingt-dix-neuf impliquant de jeunes adolescents.

A ce moment précis, Sonnen perçut un léger changement dans le regard de Bob, suffisant pour poser toute son attention sur son interlocuteur. Le langage corporel ne mentait pas. La position du corps, des jambes, la gestuelle et l'orientation des yeux nous trahissaient toujours. L'être humain était la plupart du temps un livre ouvert qu'il suffisait de feuilleter. Il fallait connaître les indices pour mieux pouvoir les contourner et se protéger. Hors, Bob ne les connaissait certainement pas. Si Sonnen voyait juste, le gros policier était passé par l'école de police et s'était contenté d'un poste sans responsabilité, n'ayant sûrement pas les qualités requises pour aspirer à un grade supérieur. Il ne devait donc être que peu familier avec les techniques avancées de l'étude du langage non verbale. Et dans ce cas, modifier ses réactions physiques était difficile à réaliser. Bob croisa immédiatement les bras sur sa poitrine (premier signe éloquent, se dit Sonnen). Il sembla réfléchir un instant.

— Non, cela ne me dit rien, finit-il par répondre.

Sonnen insista :

— Je pense qu'un incident a eu lieu ici. Vous êtes certain de ne vous souvenir de rien ?

Les yeux de Nelson s'orientèrent vers la gauche, signe qu'il était en train de créer une histoire de toute pièce.

— Non. Je ne me rappelle de rien. Comme je vous l'ai dis, tout se trouve ici (il désigna la pièce). Vous dîtes : « je pense ». Vous n'êtes donc sûr de rien ?

— Ce ne sont pour l'instant que des suppositions.

Bob expira discrètement par la bouche, il semblait soulagé. Quelque chose clochait, Sonnen en était certain. Ce policier lui cachait quelque chose. Il n'avait pour le moment aucune preuve mais il était persuadé que le dé, l'inscription de sang et le titre de la chanson faisaient référence à un événement qui s'était produit des années auparavant. Et le comportement suspect de ce policier ne faisait que le conforter dans ses convictions. Il se dit qu'il en avait appris suffisamment et remercia Nelson.

Le commissariat paraissait bien pâle avec ce temps maussade. Sonnen pénétra à l'intérieur d'un pas

147

décidé. Il avait appelé son supérieur en chemin. Ce dernier l'attendait dans son bureau. Le lieutenant frappa deux coups à la porte et entra, sans attendre la permission. Il était bien trop excité pour respecter les règles de bonne conduite. Fehn engagea la conversation sans tarder :

— Qu'est-ce que vous me racontez, Sonnen ? C'est quoi cette histoire d'année mille neuf cent quatre-vingt-dix-neuf ?

Sonnen entreprit alors ses explications, détaillant son raisonnement concernant les indices retrouvés sur la scène de crime. Il expliqua ensuite qu'Etwon faisait sans aucun doute parti des agresseurs et qu'il se peut que Joey était en réalité Forrest Etwon. Le quatrième agresseur était, à n'en pas douter, le meurtrier de Stern.

— Il y a aussi ce lieutenant de police, ce Bob Nelson, je crois qu'il en sait bien plus qu'il n'en dit…

Le capitaine secouait la tête en guise de désapprobation et coupa Sonnen :

— Je vous arrête tout de suite. Votre histoire est très intéressante, intrigante et tout ce que vous voulez… Mais voilà, on a retrouvé l'assassin de Brian Stern. Et c'est bien moins croustillant que ce que vous me racontez.

« Il n'aurait pas pu me l'annoncer dès mon arrivée ?… », se dit Sonnen.

— Vraiment ? Qui est-ce ?, demanda t'il, visiblement déçu.

— Michael Jordisson, un récidiviste. Il avait été inculpé pour homicide il y a quinze ans. Il devait en prendre pour vingt, mais vous connaissez le système judiciaire : un peu de bonne conduite, des prisons qui débordent et

148

voilà qu'un tordu qui devait être enfermé pour un moment se retrouve avec un bon de sortie prématuré.

— Ce Jordisson n'a donc aucun lien avec un évènement qui se serait produit en mille neuf cent quatre-vingt-dix-neuf ?

Fehn secoua lentement la tête.

— Non, je regrette, lieutenant. A cette époque, Jordisson était en prison.

Sonnen avait du mal à digérer la nouvelle. Il s'adressa à nouveau à son supérieur :

— As t-il avoué le meurtre ?

— Oh, bien sûr, il a commencé par tout nier en bloc. Mais les preuves sont là. On a retrouvé du sang appartenant à la victime sur l'un de ses vêtements. Et il n'a pas d'alibi. Jordisson est un drogué. Il n'a pas fallu longtemps pour qu'il se mette à table en échange d'une dose.

— Quel est le mobile ?

— L'argent, évidemment. On a également retrouvé le médaillon de baptême de Stern. Il n'avait pas encore réussi à le revendre.

— Mais alors, que signifient ces indices retrouvés près des corps de Born et Benson ? Et la chanson qui devait très certainement passer en boucle chez Etwon ?

Chris Fehn sembla contrarié, sans doute agacé par le refus d'abdiquer de son lieutenant.

— Ecoutez, dit-il d'un ton sec. En ce qui concerne le dé et l'inscription de sang, il est tout à fait possible que seul Stern et ses victimes en connaissaient la signification. Je n'ose pas imaginé le calvaire physique et psychologique que cet homme a du enduré aux mains de ces voyous. Cela a à coup sûr rapport avec cette agression. Pour ce qui est de la chanson, avouez que c'est un peu léger, non ?

Sonnen répondit du tac au tac :

— Ce serait peut être « léger » si ils n'y avaient pas ces nombres « 23 » et « 11 » qui l'accompagnaient… Car si l'on suit ce schéma, nous avons clairement une indication d'un évènement qui…

— Oui, oui, j'ai bien compris, vous m'avez déjà expliqué cette théorie.

Le capitaine s'interrompit et sembla rassembler ses idées. Il soupira et regarda Sonnen droit dans les yeux :

— Ecoutez… Vous devez prendre du recul et regarder la réalité en face. Je conçois que cette affaire pose de nombreuses questions. Certains éléments sont intrigants et je suis satisfait de votre travail, lieutenant. Mais souvent, la réalité est brute et sans fantaisie. Dans notre cas, Brian Stern a assassiné deux des individus qui l'avaient passé à tabac des années auparavant. Il a ensuite lui-même été tué par un malade qui n'aurait jamais du sortir de prison.

— Mais chef, avouez que la coïncidence est tout de même très surprenante. Au moment même ou Stern décide de se venger, il se fait lui-même assassiné ?

— Parfois, les coïncidences existent. On peut dire que Brian Stern n'aura décidément pas été épargné par la vie.

Sonnen tentait de tout remettre en ordre dans sa tête. Les yeux dans le vide, il réfléchissait, assimilait les informations que Fehn venait de lui communiquer.

Ce dernier se leva et l'informa qu'il allait maintenant en informer la presse.

L'affaire était bouclée.

Sonnen sortit du bureau, toujours perdu dans ses pensées, incapable d'accepter l'issue finale de l'enquête.

Chapitre 17

« Oh well you could lock me up in your heart, and
throw away the key »
« Eh bien tu pourrais m'enfermer dans ton cœur, et
jeter la clé »

Oliver Sykes

Quand j'ouvris les yeux ce matin là, je réalisai immédiatement que quelque chose avait changé. Je me sentais léger, libéré de toute détresse, de tout chagrin et de toute souffrance. J'étais à nouveau libre. C'était comme si la vie m'avait offert une seconde chance, un nouveau départ. Et je comptais bien profiter de cette opportunité. Plus tard dans la soirée d'hier, un flash d'information avait annoncé l'arrestation d'un tueur récidiviste. Cet homme allait endosser le crime que j'avis commis. A l'écoute de cette annonce, j'avais tout d'abord ressentis un soulagement immense. Puis, après quelques minutes nécessaires pour digérer la nouvelle, la culpabilité s'était emparée de moi. J'avais réalisé qu'un homme allait payer à ma place. Cependant, cet individu avait déjà eu sa chance, et en commettant un meurtre des années auparavant, il n'avait pas su la saisir. C'était un accident, je n'avais jamais eu l'intention de tuer qui que ce soit. Un cas de conscience s'était présenté, et après quelques instants de réflexion, j'avais opté pour l'égoïsme. Et donc en ce début de journée, alors que le silence régnait, je renaissais. Anna dormait toujours à mes côtés. Je me levai sans faire de bruit, enfilai un jean et un polo avant de me rasseoir sur le lit. J'aimais la regarder dormir. Son buste bougeait légèrement au rythme de sa respiration. Les traits fins de son visage se discernaient plus clairement lorsqu'elle était endormie, révélant une peau si parfaite. Je profitais de chaque seconde qui m'était donnée de l'observer. Après un moment, je me levai, toujours en silence, et me dirigeai vers la porte d'entrée. En l'ouvrant, un vent frais éveilla tous mes sens. Je pris la direction de la forêt, juste en face de notre chambre, et commençai à marcher. Perché dans le ciel, le soleil se levait. Il commençait à faire son apparition et les premiers rayons illuminaient les branches des arbres. Alors que j'avançai seul dans cette forêt, tout me semblait à nouveau possible. Les émotions que je pensais ne jamais ressentir à nouveau paraissaient s'ouvrir à moi. Elles m'invitaient dans leur cocon, un lieu de vie. J'allais accepter cette invitation sans un soupçon d'hésitation. Je m'étais égaré depuis bien trop longtemps. La joie qui me définissait autrefois avait disparu et n'avait semblé qu'être un lointain souvenir, comme appartenant à un passé d'un autre temps. En rebroussant chemin, ce flot de pensées emplissait ma tête et je ne pus retenir un sourire. Alors que j'arrivais prêt de la chambre d'hôtel, la porte s'ouvrit et Anna apparut. Elle me vit et s'arrêta à l'entrée. Il n'y avait pas de mots pour décrire à quel point elle était belle et resplendissante, là, à cet instant, se tenant sur le seuil de la porte. Elle m'adressa un sourire et, à ce moment précis, alors que nos regards se croisaient, je réalisai que j'étais arrivé à un moment capital de mon existence. Je traçais un trait sur mon passé, je me débarrassais de mes angoisses et de mon amertume, et accueillais cette nouvelle vie avec espoir. La rage et la haine laissaient place à la joie et à la quiétude. Mes démons étaient à présent derrière moi, et je pouvais embrasser l'avenir avec confiance. Parce qu'elle était avec moi.

*

Le lieutenant Sonnen n'était pas le style d'individu à abandonner si vite, bien au contraire. Fehn était peut-être convaincu de la culpabilité de Jordisson, il n'en était rien pour le lieutenant. A sa propre initiative, et bien évidemment sans en informer son supérieur, il quitta le commissariat par la sortie secondaire. Alors qu'il descendait les marches d'un petit escalier blanc usé par le temps, il entendit les flashs des appareils numériques. Il jeta un regard en direction d'un petit groupe d'individus. Fehn répondait aux questions des journalistes qui tendaient leurs magnétophones le plus près possible du capitaine. Les cameramen faisaient de leur mieux pour ajuster leurs appareils et ainsi diffuser une image parfaite. Sonnen monta à bord de son véhicule et inséra la clef dans la fente. Le moteur ronronna et la voiture quitta son emplacement. Il n'en avait pas fini avec Bob Nelson.

Comme la fois précédente, Sonnen attendit le gros officier à l'accueil. Il entendit alors un essoufflement provenant de la pièce adjacente. Quelques secondes plus tard, Bob fit son apparition : même pantalon en velours, même chemise à carreaux. A la vue du jeune policier, son visage se crispa sensiblement. Il ne paraissait pas ravi de cette nouvelle visite. Après avoir serré la main moite du policier, Sonnen engagea la conversation :

— Lieutenant Nelson, je me permets de vous déranger à nouveau pour éclaircir quelques points.

Bob porta une main au menton. Là encore, il ne paraissait pas à son aise. Il invita néanmoins Sonnen à le suivre jusqu'à son bureau. Installé sur une chaise inconfortable, Sonnen faisait face à l'imposant bonhomme. Sans tarder, il posa sa première question :

— Depuis combien de temps travaillez-vous dans cette ville ?

— Je suis arrivé ici en mille neuf cent quatre-vingt-dix-sept. A l'époque, j'étais un jeune officier, et en meilleure forme, répondit-il en rigolant tout en désignant sa bedaine.

A l'évidence, Nelson cherchait à jouer la carte du flic détendu qui n'a rien à se reprocher. Sonnen répondit d'un simple sourire contenu.

— Vous rappelez-vous de quelque chose d'inhabituel qui se serait produit en novembre mille neuf cent quatre vingt dix-neuf ?

— Comme je vous l'ai dis la dernière fois, tous les dossiers sont classés dans la salle des archives. Vous trouverez tout ce dont vous avez besoin en bas, dit-il avec un calme artificiel.

— J'ai bien compris lieutenant. Je me demandais juste si vous vous souveniez de quelque chose qui serait sorti de l'ordinaire mais qui n'aurait pas fait l'objet d'un dossier judiciaire.

Bob sembla réfléchir et prit une grande inspiration :

— Vous savez, cela remonte à loin. mille neuf cent quatre-vingt-dix-neuf… (Quelques secondes s'écoulèrent avant qu'il ne finisse par terminer sa phrase) Non, je ne me souviens de rien.

Il ne cessait de tripoter son stylo. Il est très difficile pour un individu de rester calme dans un moment de stress. La plupart du temps, cela se traduit par des comportements vifs et désordonnés. Hors, dans ce cas, Bob Nelson se sentait de façon évidente sous pression. La présence de Sonnen l'étouffait. Sa respiration s'accélérait, le jeune policier pouvait entendre son cœur battre la chamade à mesure que les questions se succédaient. Sonnen ne voulait pas le confronter davantage, de peur de perdre un atout qui pourrait s'avérer décisif. Il décida donc d'arrêter l'interrogatoire sur cette note. Il se leva et lui serra la main. Bob, dont le visage avait rougit, fit de son mieux pour garder sa contenance mais Sonnen n'était pas dupe. Un officier inexpérimenté aurait peut-être loupé ces signes révélateurs, mais le lieutenant avait vu clair dans le jeu de Nelson.

Lorsque l'homme est soumis à un certain degré d'excitation, ses capacités de raisonnement sont très souvent réduites. L'adrénaline est telle que l'objectif à atteindre est l'unique élément pris en considération dans le processus d'action. Ce qui était en train de se produire avec le lieutenant Nelson en était la preuve parfaite, du moins c'est ce que Sonnen espéra lorsqu'il vit la lourde silhouette se diriger péniblement vers un véhicule de patrouille. Assis au volant de son véhicule, le lieutenant avait attendu en espérant avoir déclenché une sonnette d'alarme dans la tête de Nelson. Bob démarra et quitta le parking. Sonnen, qui s'était garé à l'extérieur du commissariat, alluma à son tour le moteur et s'engagea sur la chaussée. Il veilla à garde une distance raisonnable pour ne pas être repéré. Il n'avait pas beaucoup d'expériences en matière de filature. Il allait suivre les consignes qu'il avait reçu pendant sa formation, même s'il avait bien conscience qu'il existait un fossé entre la théorie et la pratique. Devant, la voiture roulait à une allure normale. Rapidement, Nelson s'engagea sur une petite route de campagne. La nuit tombait déjà lorsque la voiture de tête tourna à droite vers une route encore plus sinueuse. Sonnen l'imita bientôt et après deux virages, se retrouva à l'orée d'un bois immense. La route continuait au cœur de la forêt. Nelson avait accéléré et plus de deux cent mètres séparaient à présent les deux véhicules. Sonnen appuya un peu plus sur l'accélérateur. Les feux de la voiture de Bob éclairaient à présent la chaussée. Une poignée de minutes s'écoula. Puis Nelson tourna à droite et s'engagea sur un petit chemin dégagé. Sonnen ralentit et s'arrêta juste avant la bifurcation. Il sortit du véhicule, supposant que ce tracé mènerait forcément à un cul de sac. Il coupa à travers la forêt, ne perdant pas des yeux l'étroite route improvisée. Après dix petites minutes de marche, Sonnen se retrouva face à un mur de pierre d'environ deux mètres de haut. Il le longea un long moment avant de finalement atteindre un imposant portail. Derrière se trouvait une grande bâtisse impressionnante. Sonnen déglutit, cette maison qui ressemblait presque à un manoir n'avait rien d'accueillant. Il aperçut la voiture de Nelson garée à l'intérieur. Après avoir vérifié que personne n'observait de l'intérieur, il se faufila furtivement de l'autre côté du portail. Là sur le mur de pierre, un écriteau indiquait : « Demeure de la famille Ledger ».

Deux options s'offraient à lui désormais. La première : grimper et franchir le mur massif, s'approcher de la maison et risquer un coup d'œil par les fenêtres. La seconde : ne rien faire, rebrousser chemin. Il n'avait aucune autorisation et escalader le rempart était totalement illégal. Il prit le temps de la réflexion. Même s'il choisissait de courir le risque d'être repéré, qu'avait-il réellement à gagner ? De l'extérieur, il n'entendrait probablement rien, et pour un peu que Bob et l'individu mystère se trouve à l'étage, Sonnen n'aurait pas la moindre chance d'obtenir quoi que ce soit. A l'inverse, s'il se faisait prendre, il encourrait de sérieux ennuis. La famille Ledger porterait plainte et sa carrière en subirait les conséquences. Après avoir évalué la situation, Sonnen décida donc de rebrousser chemin. Il avait le nom du propriétaire de cet endroit lugubre. Il pourrait faire des recherches et tenter d'y voir plus clair. Le jeune policier rebroussa chemin et s'éloigna dans les bois, au cœur d'une nuit noire opaque.

*

Cette journée marqua l'ultime étape de notre périple. Ces quelques jours passés aux côtés d'Anna avaient été magiques, et désormais il était temps de rentrer. Néanmoins, je n'éprouvais aucune tristesse, ni aucun regret. C'est avec un simple léger pincement au cœur que nous avions repris la route, comprenant que nous venions de vivre un moment à part dans nos vies, un aparté extraordinaire, comme si cette dernière semaine s'était déroulée dans un monde que nous seuls avions eu le privilège de visiter. En silence, nous comprenions tous les deux que cette incroyable aventure prenait fin à mesure que les kilomètres s'écoulaient. Cependant, cette conclusion ne marquait pas la fin de notre histoire mais plutôt le début d'une vie pleine de promesses.

La route était plongée dans le noir, simplement éclairée par de grands lampadaires réparties à distances égales. L'obscurité apportait sa touche d'apaisement dans cet endroit désert. Quelques heures plus tard, le paysage devint familier. Plus de doute, nous étions de retour. Je tournai alors la tête et regardai Anna, assoupie, et tentai, une fois de plus, de prendre pleinement conscience de la chance qui m'avait été donnée.

Notre échappée touchait à sa fin. Notre vie, elle, ne faisait que commencer.

*

Sonnen n'avait pas attendu la sonnerie du réveil de son téléphone portable pour se réveiller. Sans doute intrigué par la filature de la veille, il avait ouvert les yeux de lui-même bien avant l'heure escomptée. Il faisait encore nuit lorsqu'il sortit du lit et se dirigea vers la cuisine. Il remplit un bol de céréales et se servit une tasse de café bien chaud. Puis il alluma la télévision et fit défiler les chaînes les unes après les autres. La multiplication des chaines avaient provoqué l'arrivée de centaines d'émissions. Malheureusement, la quantité avait clairement pris le pas sur la qualité, en témoignait la débilité profonde de certains programmes. Sonnen les accusait d'être en parti responsable de la diminution chronique des capacités intellectuelles de la population. En d'autres termes, les gens devenaient de plus en plus stupides à force de s'abrutir de ces torchons télévisuels. Il finit enfin par tomber sur l'édition d'information du matin. Après avoir traité de conflits internationaux et des intérêts économiques en jeux pour les pays du G20, la partie « Information Locale » débuta. Très vite, l'affaire Brian Stern rebaptisée par les médias : « Le meurtre du témoin de Dieu » apparut à l'écran. On voyait un reporter marcher à reculons en direction de la demeure du prête. Il s'adressait à la caméra :

« C'est ici que Brian Stern, homme d'église de vingt trois ans vivait, dans un quartier résidentiel paisible et sans histoire. Brian avait décidé de vouer sa vie à servir le seigneur et ses concitoyens. En effet, en tant qu'homme de foi, il était connu de tous au sein de sa communauté et aidait son prochain du mieux qu'il le pouvait. C'est une réelle tragédie qui vient de se produire ici, et les habitants ont bien évidemment été très choqués par l'annonce de l'assassinat de Brian. Certains ont accepté de témoigner. Voici quelques extraits. »

Le plan changea et soudain, une vieille dame apparut, postée à l'entrée d'un bureau de poste. Elle paraissait sous le choc :

« Vous savez, Brian était un homme très gentil. Il n'y a jamais eu de problème. Il servait le Seigneur, personne n'aurait pu imaginer qu'il se transformerait en assassin du jour au lendemain. Tout le monde est sous le choc ici... »

S'en suivirent deux autres témoignages : l'un présentait une femme d'une cinquantaine d'années qui mettait le meurtre de Stern sur le dos d'une secte satanique. Le second provenait d'un homme politique de la région qui s'inquiétait de l'insécurité croissante et de l'augmentation générale de la violence. Sonnen éteignit la télévision, un peu dépité. Entre cette bonne femme complètement à côté de la plaque et ce politicien qui ne raterait pour rien au monde l'occasion de faire campagne, il n'y avait rien d'intéressant à en tirer. L'audimat était devenu bien plus important que l'information pure. Les médias se faisaient un malin plaisir d'interviewer des illuminés et autres ignorants pourvu que ce soit croustillant. Du moment que le nombre de téléspectateurs grimpait, peu importait si des idioties sortaient de la bouche d'abrutis irrécupérables. Le lieutenant avait bien mieux à faire.

Ledger…

Il alluma son ordinateur portable et effectua une recherche sur Google. De nombreux liens apparurent à l'écran et Sonnen cliqua sur l'un d'entre eux. La page apparut. A droite, une photographie d'un homme aux cheveux bruns soignés, d'une élégance affirmée. En dessous était écrit : « John Ledger ». Le lieutenant se dépêcha de lire la biographie. John Ledger était un homme d'affaires qui avait fait fortune dans le marché de l'art au début des années quatre-vingt dix. Sa réussite lui avait permis de rencontrer des personnes d'influences : cinéastes, musiciens, politiciens… Passionné de politique, il avait fait don de grosses sommes pour soutenir certains amis dans leurs campagnes électorales. Sonnen, plongé dans ses pensées, essayait de trouver un lien, quand une information retint son attention. Ledger avait financé une grande partie du budget dédié à la sécurité de sa région entre mille neuf cent quatre-vingt-dix-neuf et deux mille trois. Ce ne pouvait être une coïncidence. Il avait commencé à débourser des montants considérables l'année même de l'agression de Stern. Plus bas, on apprenait que les activités du millionnaire avaient brutalement cessé à compter de l'hiver quatre vingt dix neuf. Sa présence aux galas et autres réceptions se fit plus rare avant que ses sorties publiques ne s'arrêtent définitivement. Dés lors, on entendit pratiquement plus parler de John Ledger. Que s'était-il passé ? Quel évènement avait bien pu se produire pour qu'un homme de sa stature disparaisse des radars du jour au lendemain ? Le lieutenant visionna ensuite une série de clichés capturés à différentes occasions. Il vit alors Ledger en compagnie du chef de police de l'époque, un certain Edward Sawyer. Ce dernier pourrait probablement le renseigner sur cet étrange personnage. D'un clic, il fut redirigé sur une autre page. Malheureusement, Sawyer était décédé six ans plus tôt, d'un cancer du poumon.

La journée s'annonçait froide et triste. Le ciel, d'un gris dépressif, semblait refléter le moral du lieutenant, qui ne savait plus très bien quelle direction prenait sa vie. Il roulait sur la même route empruntée la veille, quand il avait filé Nelson jusqu'à la forêt. Il était tout d'abord passé au commissariat dans l'espoir de parler à un policier qui exerçait déjà dix ans auparavant. Mais il ne restait que Bob. Les autres étaient décédés, certains avaient été mutés. Alors, après avoir passé des coups de fil et interrogé quelques officiers en vain, Sonnen avait décidé de rendre visite à John Ledger. Il pénétra dans les bois dont l'ombre imposante vint s'abattre brutalement sur le vieux véhicule. La forêt semblait engloutir la voiture à mesure que le lieutenant s'enfonçait en son cœur. Les virages se dessinaient devant lui, semblables, dictant inlassablement le chemin. Comme autant d'indications de choix à faire. De décisions à prendre. Sonnen s'engagea dans le chemin hasardeux qui menait à la demeure de Ledger. Une minute plus tard, il faisait face à l'immense maison. Il coupa le moteur, sortit et s'approcha du portail. Il appuya sur la sonnette et attendit. Une voix féminine répondit. Il se présenta et indiqua la raison de sa visite. Elle lui demanda de patienter et quelques secondes plus tard, les portes s'ouvrirent lentement. Il reprit le volant et entra. Immédiatement, il prit mesure de la grandeur de la propriété. Le jardin qui l'entourait ajoutait une dimension supplémentaire à l'endroit qui impressionnait déjà par sa surface peu commune. Les prémices de l'hiver apportaient au domaine une touche dramatique. Ici régnait une atmosphère lente et effrayante. Comme un lieu oublié du reste du monde. Il s'arrêta à droite d'un grand escalier et descendit. Au même moment, la porte d'entrée du bâtiment, dont la taille coïncidait parfaitement avec l'ensemble, s'ouvrit et une femme d'une quarantaine d'années apparut sur le seuil. Elle le salua, se présenta et l'invita à la suivre. L'intérieur s'inscrivait dans la continuité des dimensions observées quelques secondes plus tôt. Un plafond d'une hauteur de presque six mètres se dressait au dessus de lui. La gouvernante l'invita à s'asseoir et l'informa de l'arrivée imminente de Ledger avant de disparaitre à l'angle d'un couloir. La pièce était plongée dans une semi-obscurité. Une cheminée crépitait un peu plus loin, au pied d'un mur tapissé d'une fresque aux motifs indéchiffrables. Deux ou trois minutes s'écoulèrent avant qu'un homme imposant d'environ soixante ans apparaisse. Il était vêtu d'une veste en velours marron et marchait avec difficulté. Sonnen se leva et lui serra la main. Le propriétaire des lieux lui fit signe de se rasseoir et demanda d'une voix faible :

— Lieutenant Sonnen, je m'appelle John Ledger. En quoi puis-je vous aider ?

— Monsieur, je vous remercie pour votre temps. Je travaille sur une enquête qui m'a amené jusque dans cette ville. J'ai toutes les raisons de croire qu'il y a un lien avec une affaire vieille d'il y a dix ans, commença Sonnen.

— Oui... Et quel est le rapport avec moi?, demanda Ledger.

— Vous étiez un homme influent à cette époque. A partir de mille neuf cent quatre-vingt-dix-neuf, vous avez fait don d'une somme très généreuse pour lutter contre l'insécurité. Pourquoi ce choix ?

Son interlocuteur ne cilla pas. Il soutint le regard du lieutenant, un peu trop même au gout de celui-ci. Il répondit d'une voix qui s'essoufflait petit à petit.

— Lieutenant, vous devez savoir une chose. A cette époque, je venais de faire fortune. J'étais riche, jeune et plutôt célèbre. Un homme dans cette situation doit faire preuve de générosité, de solidarité, ponctua t-il, un sourire aux lèvres.

Il reprit son souffle et poursuivit :

— Non pas par bonté ou compassion. Vous voyez, lieutenant, tout est question de communication. Vous pouvez gagner cent fois plus que la plupart des gens sur cette planète et pourtant obtenir leur admiration en choisissant de « donner ». C'est ici que se situe l'astuce. Car en réalité, vous choisissez non pas de donner mais d'acheter votre tranquillité. La plupart des bons samaritains de ce bas monde ne sont pas ces hommes généreux comme on aime à le penser.

Sonnen écoutait attentivement le récit de cet homme vieillissant aux cheveux grisonnants. Il partageait le point de vue de Ledger mais ne voulait pas perdre de vue son objectif.

— La plupart des gens fortunés créent des fondations, aident les enfants des pays défavorisés, soutiennent la recherche contre le cancer. Avouez que financer le budget de la sécurité est pour le moins insolite ?

L'homme ne perdit pas de temps et rétorqua immédiatement.

— Disons que j'aime me démarquer. Et puis, avouez que créer des fondations, c'est un peu cliché, non ? Bien sûr, vous bénéficiez d'avantages fiscaux mais, c'est un peu banal. Pardonnez-moi lieutenant mais je ne vois toujours pas en quoi cela me concerne ?

Ledger ne laissait rien paraître. Il semblait être fin communicant. Ses propos révélaient un cynisme profond mais également une intelligence supérieure. Peut-être Sonnen faisait-il fausse route après tout ? Pour en être sûr, le lieutenant décida d'entrer dans le vif du sujet.

— Je pense qu'un crime a été commis dans cette ville en mille neuf cent quatre-vingt-dix-neuf et qu'il y aurait un rapport avec les meurtres sur lesquels j'enquête actuellement.

Ledger parut soudain surpris.

— Des meurtres ? En rapport avec une enquête vieille d'une dizaine d'années ?, dit-il.

— Dix ans, précisément, répondit Sonnen.

John tentait d'assimiler toutes ces informations. Il redressa la tête et s'adressa de nouveau à son invité :

— Mais de quelle enquête faîtes vous allusion ? Et bon sang, que viens-je faire dans cette histoire ?, demanda t-il en haussant le ton ?

Sonnen ne le quittait pas des yeux, à la recherche d'indices révélateurs, comme il l'avait fait avec Nelson.

— Il n'y a pas de dossiers dans les archives de la police, mais…

— Attendez, attendez, le coupa Ledger. Vous êtes en train de me raconter que vous travaillez sur une enquête ayant un lien avec un crime commis il y a dix ans, un crime n'ayant légalement jamais existé ?

— Des indices retrouvés sur les scènes de crimes me laissent à penser qu'un incident s'est produit à cette époque. Il y aurait donc un lien évident entre les deux enquêtes.

— Vous dites « les deux enquêtes », mais en réalité, il n'y en a qu'une, n'est-ce pas ? Et allez-vous enfin me dire en quoi toute cette histoire me concerne ?

Sonnen sentait qu'il perdait le contrôle et décida de se lancer :

— Je crois que vous avez acheté le silence des autorités.

Cette déclaration plongea la pièce dans un silence lourd et pénible. L'espace sembla se figer. Le regard de John Ledger avait changé. Il était maintenant dur et menaçant.

— Acheté quoi ?, demanda t-il d'un ton glaçant.

— Vous m'avez bien compris, rétorqua Sonnen en soutenant le regard noir de son interlocuteur.

— Vous avez perdu la tête, s'enquit Ledger. Vous êtes en train de m'accuser de corruption, si j'ai bien compris, dans une affaire qui n'a jamais existé. Pour qui vous prenez-vous, lieutenant ? Soyez sûr que j'en référerai à votre supérieur.

Sonnen ne se laissa pas déstabiliser par ces menaces et continua :

— Comment un homme riche, populaire et dans ses plus belles années peut-il passer de soirées mondaines et de galas au néant du jour au lendemain ? Que s'est-il passé, monsieur Ledger ?

Le propriétaire de la maison devenait agité, il n'était plus du tout à son aise et tenta de couper court à la conversation.

— Je vais vous demander de sortir, dit-il d'un ton sec.

— Ce changement soudain de mode de vie correspond exactement au moment où vous avez commencé à financer la lutte contre l'insécurité. Est-ce une simple coïncidence ? demanda Sonnen en le défiant du regard.

— Sortez tout de suite ! Je ne vais pas m'abaisser à répondre à ces questions.

— Pourquoi l'officier Bob Nelson est-il venu vous rendre visite hier, monsieur Ledger ?

— Je vous ai dis de…

Il laissa sa phrase en suspens au moment où il entendit le nom de Bob Nelson. Ses yeux s'agitèrent dans tous les sens. La panique le gagnait. D'un geste brusque, il désigna la porte.

— Pour la dernière fois, sortez !

Sonnen avait à présent la certitude qu'il était sur la bonne voie. Et pendant cet « entretien », quelque chose avait attiré son attention : des tableaux avaient été retirés des murs avant son arrivée, il en était persuadé.

Le lieutenant quitta les lieux avec une réponse, une réponse qui soulevait une autre question. Quoi, ou qui était représenté sur ces tableaux ?

Chapitre 18

« Hold me close, don't let go »
« Serre moi, ne lâche pas »

Oliver Sykes

Le matin suivant notre retour, je m'étais levé aux aurores, réveillé par la lumière du jour qui pénétrait à l'intérieur de la chambre. L'appartement d'Anna se situait au cœur de la ville, au cinquième étage d'un immeuble à l'architecture contemporaine. J'avais ouvert la baie vitrée et étais sortis silencieusement sur le balcon. Il faisait froid dehors. Le soleil faisait son apparition. J'étais resté un long moment ainsi. L'avenir s'offrait à moi. Un nouveau départ s'amorçait. Je n'étais plus la personne triste et seule qui luttait chaque jour. Le désespoir avait laissé place à la sérénité. La solitude s'était volatilisée. La furie dans ma tête, elle, s'était dissipée pour ne laisser qu'un calme absolu.

Nous avions passé l'après-midi à prévoir les prochains jours. Nous ne voulions pas tirer de plan sur la comète. On voulait simplement profiter et apprécier chaque moment à sa juste valeur sans se perdre dans un futur indécis. Plus Anna et moi discutions, plus je n'en revenais pas à quel point nous étions semblables. Je n'en finissais plus de constater à quel point Anna incarnait l'idéal que j'avais toujours recherché. Avant notre rencontre, j'avais été plein d'espoir, me disant qu' « Elle » devait exister. Puis petit à petit, le doute avait gagné mon esprit, s'infiltrant comme un virus dont on ne peut se défaire. J'avais tenu le coup le plus longtemps possible mais avais fini par sombrer. Mais grâce à Anna, je m'étais relevé et venais de tracer un trait sur ce passé obscur.

*

Il faisait nuit noire. Le silence régnait dans les bois. Pas un son. Pas un bruit de branche. Pas même un souffle de vent. Juste l'obscurité. Et le froid. Sonnen avait hésité un long moment avant de prendre sa décision. Il avait tout d'abord envisagé d'appeler Fehn, mais ce dernier avait été claire : l'enquête était bouclée. Or, il n'avait aucune preuve tangible ; seulement une conviction. Le visage de Ledger avait révélé ce que le lieutenant suspectait : il y avait bel et bien un lien entre les meurtres commis ces derniers jours et une affaire enterrée des années auparavant. Il n'avait donc pas contacté son supérieur. Néanmoins, il n'avait pu se résoudre à abandonner. Sa volonté de fer associé à une curiosité peu commune l'avait mené une fois de plus jusqu'à la demeure perdue dans la forêt.

De là où il se tenait, il pouvait voir l'entrée principal de la grande maison. Le salon où il avait interrogé Leger plus tôt dans la journée était éteint. Plus haut en revanche, il perçut une faible lumière. Il s'appliqua à repérer l'étage éclairé : le troisième. Sonnen contourna le domaine et s'avança avec précaution jusqu'au pied du mur. Ici, il se trouvait au niveau de la façade ouest du manoir. Logiquement, il y avait moins de chance de se faire repérer en passant de ce côté. La loi, malgré avoir fait le serment de la servir, n'avait jamais été la principale préoccupation du jeune lieutenant. Il n'éprouverait donc aucun remord à s'introduire dans la propriété de Ledger. Après avoir grimpé tant bien que mal, il jeta un coup d'œil par-dessus le mur afin de s'assurer que la voie était libre. Il bascula ensuite du côté opposé et attendit, caché derrière un grand sapin, que le troisième étage se plonge à son tour dans la pénombre. Cela lui parut long, très long. Combien de temps s'était-il écoulé ? Trente minutes ? Une heure ? Il n'en savait rien mais il était frigorifié. Il s'approcha à pas feutrés de la maison. Le fait de se déplacer réchauffa un peu son corps engourdi. Il atteignit la façade et longea le mur jusqu'à l'entrée principale. Quelques secondes plus tard, il entreprit de crocheter la serrure. Même si cela paraissait facile dans les films, il n'en était rien dans la réalité. Au bout d'une ou deux minutes et après s'y être repris à deux fois, il actionna la poignée doucement et pénétra à l'intérieur. L'endroit lui avait déjà parut glauque quelques heures auparavant mais là, on pouvait difficilement faire pire. Il avança dans la pièce sombre et retourna dans le salon où il avait interrogé le propriétaire. Il manquait bien des tableaux dans cette pièce, Sonnen en était certain. Il ne savait pas où chercher mais il était fort probable qu'il ne trouverait rien dans les salles communes. Cela éliminait déjà le salon, la cuisine, la (ou plutôt les) salles de bain. Il restait les chambres, la cave et le grenier. Après avoir erré quelques minutes dans la bâtisse à la recherche de la cave, il découvrit un escalier qui descendait au sous-sol. Il posa le pied délicatement sur la première marche qui grinça légèrement. Il retint son souffle et tendit l'oreille, guettant tout signe d'activité à l'étage. Rien. Il poursuivit sa descente et finit par découvrir une pièce remplit de meubles et d'objets obsolètes. Une cave comme il y en avait tant d'autres. Il chercha un moment. Il ouvrit une vieille armoire, jeta des coups d'œil dans des colis poussiéreux et tira quelques tiroirs mais il ne trouva rien d'intéressant. Seulement des livres et des outils de jardinage. Pas de tableaux. Pas de portraits. Pas de photos. Rien du tout. Il remonta au rez-de-chaussée après s'être assuré qu'il avait bien tout remis en place. Il ne voulait laisser aucune trace, aucun signe qui témoignerait d'un passage étranger. De retour dans le salon, il se trouvait maintenant face à un long escalier qui menait à l'étage. Il prit son temps pour gravir chaque marche, et arrivé en haut, chercha l'accès au grenier. Il passa devant une porte derrière laquelle se trouvait peut être la chambre de Ledger. Il tendit l'oreille et écouta. Il ne perçut rien. Toujours aucun de bruit dans cette foutue baraque. Sonnen fut tout d'un coup parcouru d'un frisson. Cet endroit l'inquiétait. Il ne se sentait vraiment pas à son aise, il devait l'admettre. Il était même terrorisé. Il continua et ouvrit une porte en bois peinte en blanc.

« Ah ! La voilà », se dit le lieutenant. Il monta rapidement mais toujours en silence. Arrivé en haut, il parcourut la pièce du regard. Il devait repérer les lieux et sélectionner ses cibles car le plancher sous ses pieds ne lui permettraient pas d'aller et venir sans créer un boucan qui ne manquerait pas de réveiller toute la maison. Une commode et une grosse caisse en métal attirèrent l'attention du lieutenant. Tout doucement, il posa un pas après l'autre. Le sol bronchait légèrement à chaque pression exercée par le poids de Sonnen. Le lieutenant atteignit enfin son objectif et s'accroupit. Un cadenas scellait la caisse argentée. Il n'eut aucun mal à déverrouiller la serrure et souleva le couvercle silencieusement. Une série de tableaux se trouvaient à l'intérieur. Peints à la main, l'un d'entre eux représentait Ledger devant la cheminée du salon. Un autre présentait la grande maison en contre plongée. L'angle laissait suggérer que le peintre s'était probablement positionné légèrement à l'est de l'entrée principale. Sonnen se saisit de la troisième toile et à la vue de l'œuvre, faillit s'écrouler. Un frisson parcourut son échine. Une goutte de sueur descendit le long de son dos tandis qu'une autre perla au niveau de son front à présent glacé :

« Oh non… »

Alors que ses mains tremblaient et que le froid le prenait à la gorge, Sonnen fit de sont mieux pour ralentir sa respiration et retrouver son calme. « Reprends toi, se dit-il, tu risques de réveiller Ledger ». Il leva les yeux, reprit son souffle, inspira profondément, et expira tout en observant de nouveau la peinture. Nul doute, il avait les cheveux un peu plus long et le visage plus jeune, mais c'était bien lui sur ce tableau : Fehn.

*

Chris Fehn venait de quitter le commissariat. Il était tard mais il était resté afin de veiller à ne rien laisser au hasard. Le junkie à qui il avait fait porter le chapeau pour le meurtre qu'il avait commis ne pourrait échapper à la prison. Il n'avait rien négligé, aucun détail qui aurait pu laisser planer le doute. Il avait placé un effet personnel de Stern au domicile de Jordisson et l'arme du crime avait été retrouvée avec ses empreintes dans une poubelle proche du lieu du crime. Il ne lui restait qu'à s'occuper de Sonnen. Il avait pourtant tenté de l'écarter de cette enquête. La ténacité et la persévérance de son lieutenant étaient les raisons pour lesquelles il aimait travailler à ses côtés. Mais sur cette enquête, il aurait eu besoin d'un équipier un peu moins entreprenant. Or, il ne pouvait se permettre de l'épargner. Quant il avait réalisé que Sonnen avançait dans ses recherches, il avait immédiatement appelé et prévenu son oncle d'une potentielle visite imminente d'un enquêteur. Ledger avait alors décroché les portraits de son neveu. Fehn ne s'était fait guère d'illusion et savait que cela ne ferait que ralentir l'enquête que menait Sonnen en solitaire. Il avait ensuite réfléchi à différentes stratégies mais chacune d'entre elles menaient inévitablement à la mort du policier. Un dommage collatéral.

Fehn descendit l'escalier et emprunta la rue de droite en marchant rapidement. La nuit était glaciale. Alors qu'il approchait de son véhicule garé un peu plus loin, il sentit une petite piqure dans le coup. Il tendit une main pour se masser mais ses membres se paralysèrent en un instant. Le temps ralentit soudain, brouillé dans uun espace qui ressemblait à présent à une autre dimension. Il ne sentit pas son corps s'effondrer sur le sol. Il ne vit pas non plus l'homme qui le traina dans l'obscurité.

*

Sonnen n'en revenait pas. Il n'y avait aucun doute possible. C'était bien le capitaine Fehn qui était représenté sur ce portrait. Fehn avait-il été impliqué dans l'agression de Brian Stern ? Si tel était le cas, il était lié aux trois premières victimes. Les scénarios les plus improbables défilaient dans son esprit fatigué. Il avait beau passer en revue toutes les théories possibles, chacune impliquait le capitaine dans l'enquête. Des tas de questions s'accumulaient à mesure qu'il s'efforçait de construire une histoire réaliste. L'une d'entre elles : avait-il été agressé par son supérieur au domicile de Stern ? Il se rappela alors de Jordisson, qui venait d'être inculpé pour le meurtre de Brian. La police avait retrouvé un médaillon appartenant à la victime à son domicile. Fehn s'en était vraisemblablement emparé cette nuit là avant de lui faire porter le chapeau. Sonnen continua de fouiller dans la caisse. Rien que de vieux ouvrages. Il se releva alors et ouvrit une vieille armoire en bois. De petites boîtes étaient disposées sur les étagères à côtés d'objets divers. Il déplaça une petite lampe et se saisit de la première.

*

Lorsqu'il se réveilla, tout tournait autour de lui. Fehn cligna des yeux pour tenter de dissiper cette sensation désagréable. Sans succès. La pièce dans laquelle il se trouvait était presque entièrement plongée dans l'obscurité. Seule une faible lueur parvenait depuis le coin gauche du plafond. La respiration rapide et saccadée qui émanait de sa poitrine témoignait de la panique grandissante qui montait en lui. Que faisait-il ici ? Où était-il, pour commencer ? Il cria :

— A l'aide ! Est-ce que quelqu'un m'entend ?
— Je crains que non, Chris, répondit une voix grave.

Le ton était calme et mesuré. Fehn sursauta et regarda sur sa droite : quelqu'un se trouvait dans la pièce. Son regard s'était maintenant habitué à l'absence de lumière, et il tenta de repérer l'individu.

— Que me voulez-vous ?, demanda Fehn.

Des pas se firent entendre. Leurs échos résonnaient à travers toute la pièce, de plus en plus fort à mesure que l'homme se rapprochait. Fehn frissonna de peur. Il aperçut soudain une silhouette juste en face de son visage.

— C'est toi que je veux.

*

Sonnen s'empara de la seconde boîte après que l'inspection de la première n'ait rien donnée. Il tira légèrement sur le couvercle et le retira. A l'intérieur, il trouva une série de photos de classes. L'une d'entre elles regroupait l'ensemble des élèves. Y figurait les collégiens mais aussi tous les lycéens. Il observa le cliché et sentit soudain son estomac se nouer. Derrière les élèves alignés, en fond, on pouvait distinguer l'édifice du lycée Desmond. Le même lycée dans lequel Brian Stern avait étudié. Et à droite, dans la rangée du fond, se tenait Chris Fehn. Tout d'un coup, il entendit la porte s'ouvrir. Perdu dans ses pensées, il n'avait pas entendu Ledger monter l'escalier. Il était trop tard. Il eut juste le temps de se retourner pour faire face à l'homme qui tenait une arme à la main. Celui-ci le mit en joue.

— Ne bougez pas, dit Ledger

— Calmez-vous, répondit Sonnen immédiatement.

— Ne me dites pas ce que j'ai à faire, bordel. Qu'est-ce que vous foutez ici ? Vous êtes entré par effraction chez moi. Pour qui vous prenez-vous ?

Ledger observa Sonnen et aperçut alors le portrait de Fehn dans la caisse ouverte. Il soupira :

— Il m'avait prévenu que vous étiez tenace. Il se doutait bien que vous n'abandonneriez pas si facilement. Il vous apprécie, vous savez.

Sonnen ne lachait pas l'arme du regard. Au bout de quelques secondes, il demanda :

— Qui êtes-vous ?

— Je suis John Ledger.

— Vous savez très bien ce que je veux dire. Quel est votre lien avec le capitaine Fehn ?

Ledger jeta un coup d'œil à la pièce avant de reposer les yeux sur le lieutenant.

— Chris est mon neveu.

Le revolver était toujours braqué sur le lieutenant.

— Ecoutez, baissez votre arme. Nous allons discuter calmement.

— Le temps des discussions cordiales est terminé, lieutenant. Vous avez enfreint la loi pour vous introduire chez moi et fouiller ma maison. Vous voulez connaître la vérité ?

Non, il ne voulait pas. Pas maintenant. Pas ici. Il savait qu'il ne sortirait pas de cette pièce si Ledger lui racontait tout.

— Non, arrêtez. Je ne veux rien savoir.

— Vous allez écouter, lieutenant. Vous êtes un homme intelligent. Vous avez compris la raison pour laquelle j'ai subventionné la police il y a dix ans. Et maintenant, vous connaissez l'identité de la personne que je protégeais. Vous en savez beaucoup trop.

Sonnen commençait à paniquer. Ledger s'apprêtait à tout dévoiler, ce qui ne présageait rien de bon. Il essaya alors de gagner du temps.

— Votre neveu est responsable de l'agression de Brian Stern, n'est-ce pas ?
— Il faisait parti du groupe qui s'en est pris à ce pauvre garçon, oui.
— Qui étaient les autres ?
— Vous le savez très bien. Ils ont tous été assassinés récemment : Thomas Born, Jérémy Benson et Forrest Etwon.
— Alors Fehn a pris les devants…
— Il n'avait pas le choix. C'était lui ou Stern.
— Et Joey?
— C'était Chris. Il se faisait appelé Joey à l'époque où il commettait toutes sortes d'infractions. Il était devenu paranoïaque.
— Pourquoi s'en sont-ils pris si violemment à Stern ?
— Parce qu'il en savait trop.
— Trop à propos de quoi ?

Ledger regarda alors Sonnen avec insistance. Le lieutenant tenta de faire le point et finit par comprendre. Il soutint alors le regard de son interlocuteur et demanda :

— Que s'est-il passé le vingt-trois novembre mille neuf cent quatre-vingt-dix-neuf ?

Ledger hocha alors de la tête

— Voilà la question.

Chapitre 19

« Toutes entités fondamentalement opposées entrent fatalement en collision. Et quand ce phénomène se produit, la seule conséquence ne peut être que le chaos »

— Nous y voilà. Nous arrivons à l'étape finale. Cela fait tellement longtemps que j'attends ce moment.

L'homme s'était assis en face de Ledger mais ce dernier ne pouvait le voir. Il l'entendait seulement.

— Que voulez-vous ?

— Je te l'ai dis. C'est toi que je veux.

— Mais pourquoi ? Que vous ai-je fait ?

— Pourquoi !? Pourquoi !?, hurla l'individu.

Il se leva et s'approcha du capitaine. Il reprit une voix plus calme.

— Tu sais, je ne me suis jamais véritablement senti à l'aise. Ce n'est pas facile de se faire une place dans ce monde. C'est vrai, regarde autour de nous. L'être humain ne cesse de décevoir. A longueur de temps. Tout le temps. Les gens n'ont pas conscience de leur chance. Non, ils n'en ont pas conscience.

— Je ne comprends rien. De quoi parlez-vous ? Et qu'est-ce que cela a à voir avec moi ?

L'homme alla se rasseoir sur sa chaise.

— Te rappelles-tu du vingt-trois novembre mille neuf cent quatre-vingt-dix-neuf ?

Cette question figea le visage du policier.

— Quoi ?, parvint-il à souffler.

— Tu as bien compris ma question.

— Mais qui êtes vous à la fin ?, se plaint Chris Fehn ?

L'homme se leva, avança d'un pas décidé et saisit Fehn à la gorge :

— Réponds à ma question.

— Je ne sais pas de quoi vous parlez.

— Oh, ce n'est pas la réponse que j'attends. Tes petits copains m'ont sorti le même refrain et crois moi, ça ne leur a pas réussi.

Chris Fehn ne bougea plus. Cette nouvelle lui avait fait l'effet d'une bombe. Ses « petits copains » ? Ce n'était pas possible. Si cet homme disait vrai, alors qu'en était-il de Brian Stern ? Il apercevait maintenant le contour du visage de son agresseur mais pas suffisamment pour distinguer clairement à qui il avait affaire. Il rompit le silence.

— Mais, c'est Stern qui les a tués ?, balbutia t'il.

— Ah, on est en train de retrouver la mémoire on dirait. Stern n'a tué personne.

Fehn accusait le coup. Il n'avait jamais imaginé qu'une autre personne ait pu commettre ces crimes. Comment cela était-il possible ? A part Stern, personne ne savait ce qui s'était passé ce soir là. L'homme observait le policier tandis que celui-ci tentait de trouver une explication.

— Je réitère ma question. Te rappelles-tu du vingt-trois novembre mille neuf cent quatre-vingt-dix-neuf ?

— Oui !, s'exclama Fehn. Oui, je m'en souviens.
Nous avons… Nous avons… Les larmes lui
montèrent aux yeux.
— Vous avez quoi !?, dit-il en serrant les dents.
Il le saisit de nouveau à la gorge et serra plus fort.
— Nous avons tué ce gamin…, lâcha t'il
finalement en baissant la tête.
— Voilà, fit l'individu en levant les yeux. Il sortit
alors un couteau de sa poche arrière et
l'enfonça dans la cuisse de sa victime qui hurla
de douleur.

*

Ledger avait ensuite raconté à Sonnen comment
Fehn s'en prenait régulièrement à Stern au lycée
Desmond. Un jour qu'il rentrait de l'école et qu'il
empruntait le chemin habituel, Chris et sa bande s'en
était pris à lui sans raison, une fois de plus. L'incident
s'était produit à l'intérieur d'une usine désaffectée.
Ledger avait surpris son neveu.
— Je savais qu'il avait l'habitude de trainer par
ici. Je l'avais suivi à plusieurs reprises. A cette
époque, il faisait n'importe quoi : vandalisme,
délit d'ivresse sur la voix publique et j'en
passe. Je le soupçonnais aussi de prendre de la
drogue. Cet après-midi là, j'ai pris le volant et
me suis lancé à sa recherche. C'est là que je les
ai surpris…
Ledger ne termina pas sa phrase. Sonnen, qui
écoutait attentivement, brulait d'impatience de
connaître la vérité. Il savait aussi que c'était le meilleur
moyen pour retarder l'échéance et trouver une solution
pour s'en sortir vivant.

— Qu'avez-vous vu ?, demanda t-il ?

Ledger respira profondément et poursuivit :

— Lorsque je suis arrivé, Chris frappait Brian avec une violence extrême. Stern était en larmes tandis que les autres rigolaient. Je l'entends encore pleurer, dit-il en fermant les yeux. Je suis intervenu en hurlant mais c'est alors que j'ai vu cet autre gamin.

— Cet autre gamin ?, l'interrompit Sonnen, stupéfait. Quel autre gamin ?

— Il gisait au sol, inerte. Je me suis alors précipité vers lui.

Ledger revivait l'instant, comme si la scène se jouait à nouveau devant ses yeux.

— Mais il était trop tard. Il ne respirait plus. Du sang coulait du haut de son crâne. Il était déjà mort. Je n'ai rien pu faire. Rien…

Sonnen tenta de profiter de la vive émotion pour le ramener à la raison.

— Monsieur Ledger, posez cette arme. Ca va aller. Vous allez tout me raconter et…

Le lieutenant fit un pas en direction de l'homme armé mais celui-ci se ressaisit d'un coup :

— Ne jouez pas à ça avec moi. Restez où vous êtes.

Sonnen s'arrêta immédiatement et leva les mains en signe d'approbation. Il relança la confession de son interlocuteur :

— Que s'est-il passé ensuite ?

— J'étais paniqué, je ne savais pas quoi faire. Alors, j'ai appelé Edward Sawyer, le chef de la police. A l'époque, les services de police manquaient cruellement de budget. Mais c'était bien sûr la cupidité qui l'a incité à m'aider ce soir là. Il est arrivé une demi-heure plus tard, accompagné de l'officier Nelson. Ils m'ont aidé à transporter le corps du jeune garçon. Nous l'avons déposé dans le fleuve. Il fut découvert trois semaines plus tard.

Sonnen écoutait attentivement tandis que le puzzle se mettait en place.

— Qu'est-il arrivé à Brian Stern ensuite ?

— Nous l'avons laissé partir. Il était hors de question de s'en prendre à lui. Je ne suis pas un meurtrier. Avec les marques qu'il avait au visage, il était évident que ses parents insisteraient pour qu'il porte plainte. Nous l'avons donc relâché et avons menacé de s'en prendre à sa famille s'il venait à dire quoi que ce soit.

— Et Nelson a enregistré la déposition le lendemain.

— Oui. Et il a modifié la date afin que personne ne puisse jamais faire le rapprochement entre les deux garçons.

— Et l'enquête pour meurtre, qu'a-t-elle donné ?, s'enquit Sonnen.

— Rien. Ils n'ont rien trouvé. A partir de là, nous avons essayé de tout oublier.

Ledger semblait très affecté. Il se massa le visage.

— Pourquoi avoir révélé l'identité de Thomas Born et Jérémy Benson ?

— Ces deux jeunes étaient selon moi à l'origine du comportement de mon neveu. Ils exerçaient une mauvaise influence sur lui. Alors, j'ai dis à Stern de citer leurs noms dans sa déposition. Je lui ai assuré qu'il n'avait rien à craindre de ces deux voyous. Avec leurs noms connus des services de police, Sawyer leur a ensuite fait comprendre qu'il était préférable de ne plus entrer en contact avec mon neveu. J'ai également insisté pour que Brian insèrent de vagues descriptions de Chris et Etwon, en guise d'avertissement. Je voulais que mon neveu comprenne qu'il était sur le fil du rasoir.

Une question restait néanmoins en suspens, et celle-ci ne cessait de résonnait dans la tête du lieutenant. Il suait à grandes gouttes, là, dans le grenier, alors que le canon du pistolet visait sa poitrine. Ledger, lui, semblait toujours être reparti en ce mois de novembre mille neuf cent quatre-vingt-dix-neuf. Le regard perdu, il scrutait le plancher. Mais le lieutenant ne pouvait se risquer à se jeter sur lui, pas maintenant. Sonnen le fixa. Finalement, il reposa la question :

— Monsieur Ledger, qui était cet enfant ?

Cela aurait du être le moment ultime, celui de la révélation. Après quoi, Sonnen aurait trouvé un moyen de tromper l'attention de John avant de le maitriser. Cependant, rien de tout ceci ne se produisit. Bien au contraire. Ledger s'excusa avant d'ajuster son pistolet. Le coup de feu rompit le silence qui régnait au cœur de la forêt.

*

Fehn gémissait de douleurs, le sang coulait de sa cuisse et une petite flaque se matérialisait petit à petit sur le sol sale et froid. L'homme avait lâché le couteau.

— Ce soir là, tu m'as tout pris. Tout…

Il le frappa alors violemment d'un coup de poing au visage qui lui ouvrit l'arcade sourcilière. La chaise vacilla et le capitaine faillit tomber.

— Il était tout ce que j'avais, dit-il, les larmes aux yeux. Il était tout ce que j'avais, cria t'il en frappant à nouveau.

Cette fois-ci, le coup percuta la joue droite de Fehn, et la chaise bascula.

— Et tu me l'as pris…

Maintenant, les larmes coulaient sur le visage de l'agresseur.

— Arrêtez, arrêtez, supplia Fehn, le visage tuméfié. Qui êtes-vous ?

L'homme s'accroupit et regarda ailleurs.

— J'étais là ce soir là, répondit-il en reportant son regard sur le blessé.

Il baissa la tête tout en disant :

— Et je n'ai rien fait. On s'amusait tous les trois dans ce maudit endroit. J'étais parti me cacher pour leur faire peur, comme tous les gamins le font. J'ai grimpé à l'étage. Et c'est à ce moment là que vous êtes arrivés.

Fehn écoutait. Sa jambe était dans un sale état, il perdait beaucoup de sang.

— J'ai besoin d'aller à l'hôpital, se plaignit-il.

Sans prêter attention, l'homme poursuivit :

— Je t'ai regardé tabassé mon ami. Il ne bougeait plus mais tu continuais tout de même à frapper, dit-il en prenant son visage entre ses mains tout en étouffant un sanglot. Et je n'ai rien fait pour le défendre.

A présent, l'émotion prenait le dessus. Les larmes coulaient sur le visage de l'agresseur.

— Et alors cet homme est apparu juste à temps pour t'empêcher de tuer Brian. Je suis resté caché longtemps, jusqu'à ce que vous emmeniez le corps de mon ami et que vous disparaissiez. Le lendemain, je suis allé voir Brian chez lui. Je l'ai supplié de me pardonner et d'aller voir la police mais il m'a fait promettre de ne rien faire. Il disait qu'il nous arriverait malheur.

L'individu s'interrompit un moment et sembla réfléchir. Puis il reprit :

— Pendant toutes ces années, j'ai essayé d'oublier, j'ai tenté d'aller de l'avant. Mais j'ai fini par réaliser que je n'y parviendrai jamais.

— Vous venger ne changera rien, répondit péniblement Fehn.

— Peut-être que non. Ou peut-être que si, après tout.

L'homme se leva, passa une main dans le dos et en sortis un pistolet. Il braqua alors l'arme sur le front de sa victime.

— j'espère que tu réalises à quel point je te hais.

Puis, il appuya sur la détente.

*

Anna et moi avions profité d'une journée ensoleillée. Nous nous étions promené dans le centre, puis avions suivi le fleuve qui serpentait au cœur de la ville. Après avoir déjeuné dans une brasserie, nous avions poursuivi notre balade. En fin d'après-midi, nous étions passés par mon appartement. Je n'avais presque pas donné de nouvelles à Mick depuis mon départ et tenais donc à le voir. J'étais également impatient de lui présenter Anna. Lorsque que j'avais ouvert la porte, Mick se trouvait dans le salon. Au moment où il m'avait vu, il avait paru soulagé, puis son visage avait changé d'expression et j'avais perçu de la colère dans ses yeux. Il s'était néanmoins levé pour me donner une accolade. Je lui avais alors présenté Anna. Nous avions passé la soirée à discuter tous les trois, de nos souvenirs, des moments de joie intense que Mick et moi avions vécus ensemble. Nous avions revisité le passé et Anna écoutait attentivement. Alors que nous étions assis tous les trois, j'avais pris conscience de la chance que j'avais, assis ici, aux côtés de mon meilleur ami et de la fille dont j'avais toujours rêvée.

Je me levai ce matin d'une humeur éclatante. Anna dormait encore. J'avais passé une formidable soirée. En pénétrant dans le salon, je mis de l'eau à chauffer et sortit une tasse à café. Je saisis mon téléphone posé sur la table de la cuisine. Un message de mes parents. Mince… Je ne les avais pas rappelés depuis ma dernière visite et n'avait pas répondu à leurs appels depuis. Une voix apeurée disait :
« Tom, cela fait une semaine que nous ne pouvons te joindre. Je suis morte d'inquiétude. Nous sommes en route. Nous venons te voir. Nous devrions arrivés vers onze heures. Rappelle-moi ». Je jetai un coup d'œil à l'horloge : dix heures quarante cinq. Je me rendis dans la chambre et réveillai Anna. Elle se leva en vitesse et alla prendre une douche. On frappa alors à la porte.
Lorsque mes parents franchirent le seuil, je pus lire leur inquiétude sur leurs visages. Ma mère me prit dans ses bras. Mon père, lui, bien que moins émotif, semblait vraiment soulagé de me voir.
— Mais enfin, pourquoi ne nous as-tu pas rappelé ? Nous étions très inquiets.
— J'étais occupé maman, désolé… Mais pourquoi êtes-vous venu jusqu'ici ?

— Chéri, nous nous faisons beaucoup de souci pour toi. La dernière fois que tu nous as rendu visite, tu n'avais vraiment pas l'air en forme.

Je regardai ma mère en souriant et lui dis pour la rassurer :

— Je vais beaucoup mieux maintenant.

Je le pensais. J'étais heureux à présent.

Je lui racontai alors ma rencontre avec Anna, ce soir là, et tout ce qu'elle m'avait apporté en si peu de temps. Mes parents semblaient vraiment ravis pour moi. L'eau coulait toujours dans la salle de bain. Anna ne devrait plus tarder et je pourrais alors la présenter à mes parents. Nous parlâmes ensuite de tout et de rien, comme le font toutes les familles. Puis, je pensai à Mick.

— C'est dommage, vous venez de louper Mick. Il est parti peu de temps avant votre arrivée.

Ma mère me regarda d'un air surpris.

— Qui est Mick ?, me demanda t'elle ?

Interloqué, je répondis en esquissant un sourire.

— Mick, maman…

Ma mère regarda mon père d'un air inquiet.

— Tu parles de Mick, ton meilleur ami ?

— Oui, bien sûr… De qui d'autre parlerais-je ?

Les larmes se mirent à couler sur le visage de ma mère. Mon père s'approcha alors qu'elle perdit l'équilibre. Il me regarda les larmes aux yeux, lui aussi. Mais que se passait-il ? Mon père fit asseoir ma mère sur le canapé tandis que je les regardais, incrédule.

— Que se passe-t-il ? Qu'est-ce que j'ai dis ?, demandai-je, attristé de voir mes parents dans cet état.

Ma mère pleurait. Elle releva la tête tant bien que mal et me regarda :

— Mick est mort, Tom…

Une douleur dans l'estomac.

— Quoi ? Mais qu'est-ce que tu racontes ? Je l'ai vu hier soir.

Ma mère pleura alors plus fort encore. Je pouvais lire la détresse dans le regard de mon père.

— Tom, Mick est mort il y a des années, lorsque vous n'étiez que des adolescents, dit-il.

— Mais c'est impossible. Je l'ai vu hier soir, je te dis.

Je réfléchis à un moyen de prouver la vérité. Où est mon téléphone ? Je sors mon mobile de ma poche et appelle Mick. Une voix platonique répond à sa place : « le numéro n'est pas attribué… »

Mon rythme cardiaque s'accélère.

— Attendez, dis-je. Regardez les messages.

Dans la boite de réception, je cherche nos conversations. Le dernier message doit remonter à quelques jours… Voilà. Toute une série de message. Je tends le téléphone à mon père qui observe l'écran. Il se met à pleurer à son tour.

— Tom, dit-il. C'est ton numéro. Tu t'es envoyé toi-même tous ces messages.

Je panique. Ce n'est pas possible. Je réfléchis encore. Je ne suis pas fou. Soudain, je me rappelle avoir réceptionné le courrier. Il y avait une lettre pour Mick. Je cours à l'entrée et fouille le tas d'enveloppe posé sur une petite table. Je mets enfin la main sur l'enveloppe et… Un frisson glacial me parcourt le corps. L'enveloppe est bien destinée à Mick, mais l'écriture ressemble étrangement à la mienne.

Ma tête se mit alors à tourner. Je perdis l'équilibre et me ressaisis à temps pour ne pas tomber. J'étais perdu. Les pensées s'accumulaient dans ma tête. Un chaos insupportable résonnait au fin fond de mon esprit. Les images défilaient devant mes yeux. Je me revis enfant, jouant dans mon jardin avec Mick. Je visionnai ensuite la cour d'école où nous jouions aux billes. Puis le collège, avec nos sacs à dos bien trop lourds pour nous. Nos entrainements de tennis, nos soirées chez lui et chez moi. Enfin, je distinguai un terrain vague et un grand bâtiment gris à côté. Ma respiration s'accéléra soudain. Je vis alors Mick et un autre garçon, jouant à l'intérieur du bâtiment. On est là, tous les trois, quand je décide d'aller me cacher. Je veux leur faire peur, alors je monte cet escalier métallique. Puis, quelques secondes plus tard, trois personnes apparaissent. Ils sont plus grands que nous.

Je ressens comme un choc électrique dans la poitrine. Je me rappelle de tout à présent. Les larmes ruissèlent sur mon visage liquéfié. Mon père s'est levé pour m'empêcher de tomber. Je reste sans voix, incapable d'émettre le moindre son. J'avais tout inventé. Je n'ai jamais habité avec Mick. Pendant tout ce temps, je l'ai imaginé dans ma tête et je lui parlais. Il était mon meilleur ami, la personne à qui je pouvais me confier. Mais il n'était pas réel. La solitude était-elle insupportable ? En étais-je venu à imaginer mon ami d'enfance pour la rendre vivable ?

Une autre image me vint en tête. Je suis sur l'aire d'autoroute. On me suit. J'entre dans les toilettes. Je suis à terre et saisis ce bout de verre. Mais au moment où je veux frapper, Brian a disparu. Il n'y a plus personne. Le sang sur le sol s'est évaporé lui aussi. Avais-je également inventé le meurtre de Brian ?

Aurais-je été rongé par la culpabilité au point que j'en serais venu à imaginer mon implication dans cette tragédie ?

Soudain, le bruit régulier de la douche s'interrompit. D'un signe de la main, je fis signe à mon père que je pouvais marcher. Je me dirigeai alors vers la salle de bain, une boule dans le ventre. Arrivé face à la porte, mon cœur se serra. Je tendis une main tremblante vers la poignée avant de l'actionner. J'ouvris alors la porte. Et ce que je vis termina de m'achever.

Personne.

J'ouvris le rideau de douche, sortis de la salle de bain, appelai Anna, criai son prénom. Je n'obtins aucune réponse. J'hurlai alors de chagrin. Je m'allongeai par terre et me mis à pleurer sans discontinu. Je versai toutes les larmes de mon corps. Mes parents se précipitèrent pour me remettre sur pied.

J'étais un poids mort. J'étais mort.

Chapitre 20

« And on my death bed, all I'll see is you »
« Et sur mon lit de mort, tout ce que je verrai c'est
toi »
Oliver Sykes

De retour là où tout a commencé. A cet endroit où la plus belle rencontre de ma vie avait eu lieu. Alors que je m'approche du pont, un vide immense s'empare de moi. Je me remémore ce soir là. Elle était belle, indescriptible. Je revois ses cheveux, parfaits, et son visage, magique. Elle était fragile, comme moi. J'avais été son pilier, tout comme elle avait été le mien. Elle était tout ce dont j'avais besoin. J'entame la montée à présent et peux bientôt la voir, debout sur le rebord. Une larme s'échappe et coule le long de ma joue. Je suis calme, anéanti. Je marche lentement et m'arrête à l'endroit exacte où je lui avais adressé la parole pour la première fois. Un sourire se forme sur mon visage alors que je revois notre première rencontre. Je n'entends plus rien, je ne vois plus rien. Tour ce que je vois, c'est elle. Je fais quelques pas en avant et monte sur le rebord, à l'endroit exacte où elle se trouvait ce soir là.

D'ici, aucune chance de me tuer, n'est-ce pas ?